Schreibtips für Diplomanden und Doktoranden

in Ingenieur- und Naturwissenschaften

Prof. Dipl.-Ing. Wolfgang Grieb

vde-verlag gmbh · Berlin · Offenbach

Lektorat: Dipl.-Ing. (Univ.) Roland Werner

CIP-Titelaufnahme der Deutschen Bibliothek

Grieb, Wolfgang:
Schreibtips für Diplomanden und Doktoranden in Ingenieur- und Naturwissenschaften/Wolfgang Grieb. – Berlin; Offenbach: vde-Verl., 1991
ISBN 3-8007-1698-4

ISBN 3-8007-1698-4

Druck: Kupijai & Prochnow, Berlin

9107

Die Begriffe müssen
stimmen.

Konfuzius

Vorwort

Wozu dieser Text?

- Damit technische Autoren nicht die Fehler anderer wiederholen.
- Damit technische Texte anschaulich und verständlich werden.
- Damit das Niveau des Textes dem der gelösten Aufgabe in nichts nachsteht.

Den Leser stelle ich mir als einen Menschen vor, der gerade am Ende seines Studiums den schriftlichen Teil seiner Diplomarbeit abfaßt oder nach der Hauptprüfung an seiner Dissertation schreibt.

Bei vielen Studiengängen ist die Befähigung zur wissenschaftlichen Arbeit in einer Diplomarbeit nachzuweisen. Bei den meisten technischen Studiengängen besteht diese aus einem praktischen Teil mit Versuchsaufbauten und geeigneten Messungen. Die theoretischen Überlegungen darzulegen, die Versuchsaufbauten zu beschreiben und die Meßergebnisse auszuwerten, das ist dann Sache der schriftlichen Arbeit.

Wer an einer Dissertation zum Dr.-Ing. oder Dr. rer. nat. auf einem technisch-naturwissenschaftlichen Fachgebiet arbeitet, wendet bei der praktischen Ausführung genauso wie im schriftlichen Teil viele Verfahrensweisen an, die er schon von der Diplomarbeit her kennt oder kennen sollte. Jedoch kommen entsprechend dem gestiegenen Umfang und dem höheren Schwierigkeitsgrad noch einige Anforderungen hinzu.

Die Beispiele, gute wie böse, sind in der Hauptsache aus dem Gebiet der Elektrotechnik gewählt und beruhen auf Erfahrungen aus der Praxis. Sie lassen sich leicht auf benachbarte technische und naturwissenschaftliche Disziplinen übertragen.

Es sollte nicht das ganze Buch am Stück durchgelesen werden, bevor man mit der Arbeit, insbesondere dem schriftlichen Teil der Arbeit, beginnt. Bei der Vielzahl der Empfehlungen könnte ein sensibler Leser es mit der Angst zu tun bekommen. Man liest ja ein Lexikon auch nicht von A bis Z durch, sondern sucht einzelne Stichwörter je nach Bedarf. Die Einleitung gibt einen Hinweis dazu, wie man ohne Zeitverlust in systematischer Weise zu den gewünschten Informationen kommt.

Das Buch ist als Sammlung von Anregungen zu einer raschen, fachmännischen Lösung formaler Fragen gedacht. Wenn es mehrere Lösungsmöglichkeiten gibt, halte ich mit meiner Meinung nicht hinter dem Berg. Manche Art der Darstellung ist und bleibt Geschmackssache. Kein Leser des Buches ist so unbedarft und unsicher, daß er nicht einzelne Hinweise für unnötig, ja schulmeisterlich hielte, die aber einem anderen Anwender durchaus weiterhelfen.

Wichtige Ergänzungen und Korrekturen des Manuskripts verdanke ich Kollegen aus verschiedenen ingenieurwissenschaftlichen Fachbereichen, vor allem Prof. Dipl.-Ing. Eberhard Seidel, Prof. Dr.-Ing. Andreas Slemeyer und Prof. Dr.-Ing. Eckhardt Wiederuh, sowie Herrn Dipl.-Chem. Dr. rer. nat. Rolf Tittmann und Herrn Dipl.-Ing. Martin Seifert. Ihnen allen danke ich sehr für die darin bestehende Ermutigung. Von einigen meiner Diplomanden erhielt ich ergänzende Hinweise zu Umdrucken, die einen frühen Vorläufer zu diesem Buch bildeten. Dem Verlag, insbesondere Herrn Dipl.-Ing. R. Werner, verdanke ich viele gute Ratschläge von der Warte des technischen Redakteurs neben der eigentlichen Verlagsarbeit. Meine Frau hat mir nicht nur bei den „Geburtswehen“ beigestanden, sondern mit viel konstruktiver Kritik für eine bessere Verständlichkeit und Übersichtlichkeit gesorgt.

Es wäre ein Wunder, wenn Ihnen, lieber Leser, beim Verfassen Ihrer Diplomarbeit oder Dissertation nicht noch ein guter Tip einfallen würde. Verbesserungsvorschläge zu diesem Buch sind sehr erwünscht.

Gießen, den 20. März 1991 Wolfgang Grieb

(501 Jahr nach der Erfindung
des Buchdrucks durch Gutenberg)

Inhaltsverzeichnis

1 Einleitung

Im vorliegenden Buch handelt es sich hauptsächlich um die Ausführung des schriftlichen Teils der Diplomarbeit und der Dissertation. Empfehlungen zur Planung der Diplomarbeit oder der Dissertation im allgemeinen sind demgegenüber nur vereinzelt beigefügt.

Textteile

In einem Text über die Verarbeitung eines Texts ist der Leser *dann* schnell verwirrt, wenn der Verfasser nicht klar beim Namen nennt, was er gerade meint. Die Teile einer schriftlichen Diplomarbeit oder Dissertation, für deren Abfassung die folgenden Ratschläge gemeint sind, heißen hier *Textteil*; z. B. bedeutet der Textteil *Inhaltsverzeichnis* nichts anderes als das Inhaltsverzeichnis Ihrer Diplomarbeit oder Dissertation. Deren einzelne Textbausteine werden in verschiedenen Abschnitten behandelt.

Folien
Vortrag

Am Schluß sind einige Abschnitte mit Vorschlägen für Projektionsfolien und den Vortrag in einem Kolloquium angefügt. Sie sollen diejenigen Diplomanden und Doktoranden anregen, die als Referenten wenig Übung mitbringen. Mit Folien und Projektor können auch ungeübte Redner einen freien und gut strukturierten Vortrag zustande bringen.

Zielmarken

In den vorliegenden Text sind hin und wieder *Zielmarken* eingefügt. Sie sollen den Leser auffordern, bestimmte Tätigkeiten zu erledigen. Wenn das genannte Etappenziel erreicht ist, soll dies mit dem Datum festgehalten werden. In diesem Sinn läßt sich das vorliegende Buch nebenbei als Planungsmittel verwenden.

Arbeitsbuch

Wer das Buch systematisch durcharbeiten möchte, bevor er an die praktische Arbeit geht, und nicht damit warten will, bis er den schriftlichen Teil in Angriff nimmt, dem sei empfohlen, den Zeitplan nach Kapitel 2.3 für seine individuellen Zwecke auszuarbeiten. Das Verzeichnis der Zielmarken im Anhang hilft dabei. Es noch: Arbeitsbuch

kann z. B. auf Karton kopiert und als Lesezeichen verwendet werden. Statt direkt in das Buch können die Erledigungsvermerke dann darauf eingetragen werden. – Bei einem eigenen Arbeitsbuch sollte man ruhig mit Markierstiften wichtige Sätze oder Stichwörter farbig unterlegen, damit sie beim wiederholten Aufschlagen ins Auge springen. Es darf hinterher zu sehen sein, daß mit dem Buch gearbeitet wurde. Was einem selbstverständlich oder nicht zutreffend erscheint, sollte man durchstreichen, um beim zweiten Durchlesen keine Zeit damit zu verschwenden.

Anrede

In einem technischen oder naturwissenschaftlichen Text wie einer Diplomarbeit oder Dissertation kommt die Anrede "Sie“ für den Leser im allgemeinen genausowenig vor wie das Wörtchen „ich“, wenn der Verfasser sich selber meint. Das gehört zum guten Ton bei solchen Texten. Ausnahmen für das „ich“ sind höchst selten. Was das „Sie“ anlangt, wurde im vorliegenden Text bewußt gegen diese Regel verstoßen und ab und zu eine direkte Anrede eingestreut, um die Trockenheit des Stoffes zu vermindern und den Aufforderungscharakter der Aussagen zu betonen.

Personen

Mit gleicher Unbekümmertheit wird bewußt das Gebot mancher Behörden mißachtet, in einem Schriftstück Personen geschlechtsneutral anzugeben. Daß der/die Leser/in (oder gar LeserIn ?!) als Diplomand/in oder Doktorand/in seine/ihre Diplomarbeit oder Dissertation schließlich einem/einer Professor/in zur Beurteilung vorlegt, mag im Schreibstil der „modernen“ Auffassung mancher staatlicher Stellen entsprechen, Verordnungen und Antragsformulare abzufassen. Aber schon ein so einfacher Satz wie dieser ist kaum beim ersten Lesen zu verstehen, und Sätze, die man zweimal lesen muß, um ihre Grammatik zu verstehen, sind schlecht. Weibliche Leser wissen das so gut wie männliche.

2 Vorbereitungen zur Abwicklung der Arbeit

2.1 Fachbereichsorganisation

Bevor Sie mit dem Referenten, d.h. mit dem Sie betreuenden Professor, das Thema und die Aufgabe für Ihre Diplomarbeit festlegen, müssen Sie sich beim Dekan des Fachbereichs bzw. dem Prüfungsausschuß zur Zulassung anmelden. Die Einzelheiten entnehmen Sie der geltenden Prüfungsordnung. Zulassung

Für eine Dissertation richten Sie ein Gesuch um Annahme als Doktorand an den Dekan des zuständigen Fachbereichs. Bedingung ist in der Regel ein abgeschlossenes Universitätsstudium in dem Gebiet der Dissertation. Fragen Sie im Fachbereichssekretariat nach. Sie erhalten dort auch eine Kopie der Promotionsordnung der Hochschule. Gesuch

▾ Zulassungsverfahren abgewickelt. Datum: ____________ ZIELMARKE 2–1

Falls Sie über Ihre Diplomarbeit im Rahmen eines Kolloquiums berichten müssen, tun Sie gut daran, sich beim Leiter des betreffenden Seminars so früh wie möglich anzumelden. Dann können Sie sich den Termin meist nach Ihrem Geschmack aussuchen. Kolloquiums-Termin

▾ Kolloquiums-Termin vereinbart. Datum: ____________ ZIELMARKE 2–2

2.2 Festlegung des Themas

Diplomarbeitsthemen werden an den Anschlagbrettern in der Hochschule ausgehängt. Es kann aber auch sein, daß ein besonders reizvolles Thema von einem Professor zurückgehalten wird, bis ihm der passende Diplomand über den Weg läuft, dem er eine gute Lösung der Aufgabe zutraut. Vielleicht sind Sie gerade die Themenwahl erwartete Person; also fragen Sie beim Professor Ihres Vertrauens am besten einmal nach einem solchen Thema. Es gibt Aufgaben, bei denen von vorneherein ziemlich sicher mit einer Lösung gerechnet werden kann, auch bei einem Studenten mit mittleren Fähigkeiten. Eine größere Herausforderung stellt ein Thema dar, bei dem das Ende der Diplomarbeit völlig offen ist. Vielleicht besteht das Ergebnis schließlich sogar in dem Nachweis, daß eine Lösung des gegebenen Problems nach dem Stand der Technik noch nicht oder aus ganz bestimmten Gründen überhaupt nicht möglich ist. Wurde dieser Nachweis mit Bravour geführt, kann die Arbeit trotzdem sehr gut sein.

Aufgaben-Definition

In jedem Fall ist eine möglichst präzise Festlegung der Aufgabe und eine Abgrenzung der Teilaufgaben hilfreich, vor allem auch deren Priorität. Sollte während der Durchführung der Arbeit die Zielrichtung und eventuell auch das Thema geändert werden, so sollte das zwischen Betreuer und Diplomand in einem Besprechungsprotokoll schriftlich festgehalten werden, um spätere unliebsame Überraschungen auszuschließen.

ZIELMARKE 2–3

▾ Aufgabe schriftlich definiert. Datum: ____________

2.3 Zeitplan

Sprechzeiten

Im Hinblick auf eine gute Zusammenarbeit ist es wichtig, mehr oder weniger regelmäßig den Betreuer in seinen Sprechzeiten aufzusuchen, falls er nicht ohnehin seinerseits den Kontakt sucht.

Schreibtips

Vermerken Sie in Ihrem Zeitplan unter dem Stichwort Textverarbeitung auch Abschnitte der *Schreibtips für Diplomanden und Doktoranden,* wenn Sie sich Hinweise und Hilfe davon erhoffen. Insbesondere die Zielmarken sind dafür gedacht, Sie zur Kontrolle des Arbeitsfortschritts nach Ihrem Zeitplan aufzufordern.

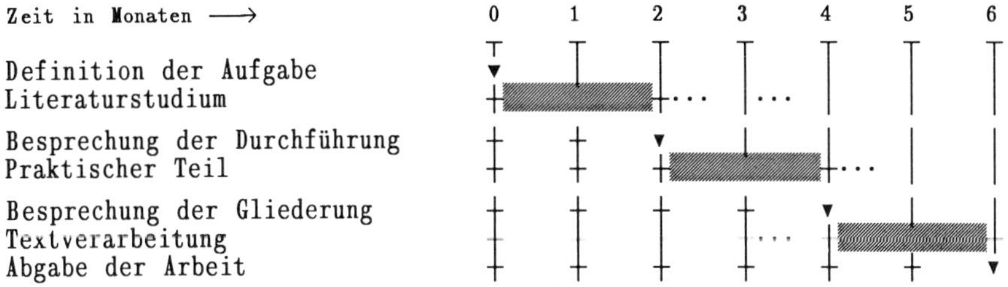

BILD 2.3–1. Prinzipieller Zeitplan einer Diplomarbeit (Balkenplan)

Zeitreserve

Planen Sie am Schluß jedes Zeitabschnitts 5 Tage Reserve für Unvorhergesehenes ein; die umgewidmeten Wochenenden und Feierabende könnten zu knapp ausfallen.

Zeitplan für eine Diplomarbeit

Zeitabschnitte

Eine Diplomarbeit dauert zwischen drei und sechs Monaten mit starker Tendenz zu letzterem, je nachdem, was die Prüfungsordnung zuläßt. Stellen Sie nach Bild 2.3–1 einen Zeitplan über Ihre Arbeitsschritte auf. Nach diesem Raster ergeben sich mindestens drei Zeitabschnitte, die oft nicht ganz so scharf zu trennen sind:

1. Literaturstudium. Ziel: Wissen um den Stand der Technik.
2. Durchführung. Ziel: Gerät oder Programm läuft.
3. Textverarbeitung. Ziel: Rechtzeitige Abgabe der Arbeit.

Viertelteilung

Eine Variante dieses Zeitplans sieht statt einer Dreiteilung der gesamten zur Verfügung stehenden Zeit *vier* Zeitabschnitte vor: die *Durchführung* ist aufgeteilt in ein 2. Viertel für den *Lösungsentwurf* und ein 3. Viertel für die *praktische Ausführung*. Zwischen beiden steht die *Besprechung des Lösungsentwurfs* als Termin beim Betreuer.

▼ Zeitplan aufgestellt. Datum: ______________ ZIELMARKE 2–4

Zeitplan für eine Dissertation

Zeitplan für die Dissertation

Besprechungen

Für die Arbeit an einer Dissertation werden erheblich längere Zeiträume veranschlagt. Aber auch hierbei wird, vor allem in der Schlußphase, ein Zeitplan vor vermeidbaren Versäumnissen im organisatorischen Ablauf schützen. Die folgende Auflistung zeigt ein grobes Gerüst über die Zeitabschnitte, die jeweils mit Besprechungen zwischen Doktorvater und Doktorand eingeleitet werden; die Inhalte der einzelnen Phasen sind stark von der Art des Themas abhängig.

Vorstudie

- Die erste Phase: das vorläufige Thema wird definiert und die wesentlichen Voraussetzungen werden in Erfahrung gebracht.

Definitionsphase

- Die zweite Phase: das Thema wird präzisiert und eine grobe Gliederung wird diskutiert; der Stand der Wissenschaft anhand der Literatur wird umrissen; die vorgesehenen Untersuchungsmethoden und der dazugehörige Zeitplan werden ins Auge gefaßt.

Durchführungsphase

- Die dritte Phase: der Doktorand ist in der Lage, die Problematik zu beschreiben und Abgrenzungen zu begründen; erste Untersuchungsergebnisse sind ausgewertet und lassen die vorläufige Begründung von bestimmten Thesen zu.
- Die vierte Phase: die Untersuchungsergebnisse liegen in detaillierter und in zusammengefaßter Auswertung vor; die Gliederung wird überarbeitet.

2.4 Tagebuch und Dokumentation

Zum Festhalten des Fortgangs Ihrer Arbeiten brauchen Sie ein Tagebuch oder Laborjournal, dem Sie alle Gedanken und Lösungsvorschläge anvertrauen. Es ist und bleibt Ihre Privatsache. Das Buch bewahrt die verworfenen Lösungen und die Beschreibungen von Sackgassen gut auf. So schützt es auch davor, in dieselbe Sackgasse ein zweites Mal zu laufen. Tagebuch

Das Tagebuch sollte aus einem Spiralbuch oder einem fest gebundenen Buch mit durchnumerierten Seiten bestehen, also keinem Ringbuch oder Büro-Ordner. Es dürfen keine Seiten herausgerissen werden. Falsches wird einfach durchgestrichen. Beginnen Sie jeden Eintrag mit dem Datum. Spiralbuch

▼ Tagebuch angeschafft. Datum: ______________ ZIELMARKE 2–5

Machen Sie auch Aufschriebe über die Literaturstellen, die Sie aufgespürt haben, und halten Sie wichtige Stichwörter fest. Wenn Sie dabei gern mit einer Kartei arbeiten, können Sie sich in einem der im Anhang angegebenen Hilfsbücher für nicht-technische wissenschaftliche Arbeiten darüber informieren, wie man die Erfahrungen der Spezialisten nutzt, z. B. [ECO–88] oder [POE–77]. Notieren Sie Ihre Schlußfolgerungen. Später müssen Sie wissen, ob die Literaturstelle zitierwürdig ist oder nicht. Literatur Kartei

Datenblätter und Kopien fremder Texte sammeln Sie am besten in einem Büro-Ordner, der durch Trennblätter mit Alphabet oder Nummern am Rand unterteilt wird. Datieren Sie jedes neue Sammelobjekt rechts oben auf der ersten Seite mit dem aktuellen (Tages-)Datum und dem Datum der Veröffentlichung. Die Datumschreibweise JJ-MM-TT (Jahr – Monat – Tag), wie in skandinavischen Ländern und in einem Teil der Industrie üblich, ist vorteilhaft beim Sortieren nach dem Datum. Wenn Sie die Titelseiten der Quellen gleich mitkopieren, sparen Sie die Zeit Kopien fürs Aufschreiben [MUC–79]. Ergänzen Sie aber sofort eventuell fehlende Angaben nach dem in Abschnitt 11 beschriebenen Schema. – Hüten Sie sich vor dem Eichhörnchen-Effekt, d. h. möglichst viel sammeln, eingraben, vergessen. Das Kopieren eines auf den ersten Blick interessant erscheinenden Textes, der später nie durchgelesen wird, kann zu dem Irrglauben verführen, man habe sich ernsthaft mit der Quelle beschäftigt [ECO–88, S. 162].

2.5 Bibliotheken und Datenbanken

Bibliothek

Fernleihe

Bücher und Zeitschriftenartikel finden Sie in der Hochschul- oder in der Fachbereichsbibliothek. Der Sachkatalog bzw. der Autorenkatalog der Bibliothek geben Auskunft über die am Ort vorhandenen Bestände. Diese Kataloge sind keine Bücher wie Bauteilekataloge, sondern ausgedehnte Schränke mit Karteikästen als Schubfächern. Was hier nicht zu finden ist, Ihnen aber aus dem Schrifttumsverzeichnis eines Fachbuches, eines Zeitschriftenartikels oder auch aus einer in der Bibliothek verfügbaren Bibliographie bekannt wurde, können die Bibliotheksangestellten über die Fernleihe beschaffen. Die Lieferzeiten für eine Fernleihbestellung liegen bei 2 bis 4 Wochen.

TIB Hannover

Sie können Sich mit einem Buchwunsch auch direkt an die Technische Informationsbibliothek Hannover wenden und für 10 bis 15 Mark eine Direktbestellung tätigen, die innerhalb von 3 bis 5 Tagen ausgeführt wird. Die Anschrift lautet: Welfengarten 1B, 3000 Hannover 1, Tel. 05 11–7 62–22 68, Telex 922 168 tibhn d, Fax 05 11–71 59 36.

Datenbanken

Die Fachleute in der Hochschulbibliothek geben auch Auskunft darüber, wie man Informationen aus internationalen Datenbanken erhält. Die Eingabe eines oder mehrerer Stichwörter bei einer Datenbankabfrage ist nämlich eine Kunst für sich. Wenn Sie einen zu allgemeinen einzelnen Suchbegriff wie *Transistor* eingeben, bekommen Sie Hunderte und Tausende von Literaturstellen nachgewiesen. Außer der Quellenangabe für die einzelnen Veröffentlichungen erhalten Sie jeweils auch eine Kurzfassung des Inhalts. Die Liste der ausgedruckten Quellen ist lang und wegen der ausgedehnten Abfragedauer zu allem Unglück auch noch teuer. Sie hatten sich aber vielleicht fürs erste eine Liste von fünf bis zehn Büchern oder Zeitschriftenartikeln vorgestellt. Nun spezifizieren Sie in einem zweiten Anlauf durch Kopplung mehrerer Stichwörter (*Transistoren, Anwendung im Kraftfahrzeug, Katalysator*) möglicherweise zu eng, mit dem Ergebnis, daß die Datenbank überhaupt nichts findet. Sie bezahlen für ein leeres Blatt. Das Suchraster darf also weder zu weit noch zu eng sein. Vor dem Jahr 1970 erschienene Literatur kann im allgemeinen in Datenbanken nicht gefunden werden. Auch ist es nicht sinnvoll, einführende Literatur in einer Datenbank zu suchen; ein Lehrbuch oder Fachlexikon liefert in diesem Fall die gesuchten Informationen schneller und billiger.

noch: Datenbanken

Ab 1970

Manche Datenbanken beschränken sich auf bestimmte Publikationsformen wie etwa Patentliteratur oder Kongreßprotokolle, oder auch auf Spezialgebiete wie die Infrarot-Spektroskopie innerhalb der Chemie. Es gibt aber auch allgemeine Datenbanken, die von der Dissertation bis zur Technischen Bauvorschrift jede denkbare Dokumentation nachweisen. Näheres darüber findet man im „Handbuch der Datenbanken für Naturwissenschaft und Technik“, erschienen im VDI-Verlag Düsseldorf. Weltweit gibt es weit über 3000 Datenbanken. Deren Hauptgebiete sind, nach dem ABC geordnet:

Datenbank-Typen

- Agrarwissenschaften
- Biowissenschaften
- Geisteswissenschaften
- Medizin
- Naturwissenschaften
- Technik und Ingenieurwissenschaften
- Wirtschaft

Arbeits-gebiete

Ein Beispiel eines Instituts für die Pflege solcher Datenbanken für Wissenschaft und Technik ist das

FIZ Karlsruhe

Fachinformationszentrum Karlsruhe
Postfach 2465, 7500 Karlsruhe 1,
Tel. 0 72 47–82–46 00/–45 66, Telex 17 724 710+
Teletex 724 710 FIZKA, Fax 0 72 47–82–46 39.

STN

Diese Institution betreibt u. a. das Scientific & Technical Information Network (STN) gemeinsam mit der American Chemical Society und dem Japan Information Center of Science and Technology (JICST). Service-Zentren in Karlsruhe, Columbus (Ohio, USA) und Tokio (Japan) stehen über Satellit miteinander in Verbindung. Das Fachinformationszentrum Karlsruhe arbeitet mit Datenbanken vor allem für die Bereiche Architektur/Bauwesen/Stadtplanung, Chemie, Energie/Technik/Umwelt, Mathematik/Informatik, Medizin/Biowissenschaften, Patentinformation, Physik/Materialwissenschaften und Sozialwissenschaften. Der Chemical Abstracts Service (CAS) der American Chemical Society wurde schon 1907 gegründet. Die JICST-Datenbank deckt das gesamte Gebiet von Naturwissenschaft, Technik und Medizin ab.

Datenbank-Abfrage

Die von Rechnern in kürzester Zeit erarbeiteten Recherchen über Veröffentlichungen in wissenschaftlichen Zeitschriften, Berichten, Büchern und Patentschriften können am Bildschirm jedes PC betrachtet oder aus Karlsruhe als Ausdruck vom Laserdrucker über die Post bezogen werden. Der Anwender, gleich ob Anfänger oder Experte, kann selbst mit den Befehlen der Suchsprache MESSENGER, die für alle der über 70 angeschlossenen Datenbanken gilt, auf die Suche gehen. Das STN ist über das DATEX-P-Netz der Deutschen Bundespost weltweit erreichbar. Personal Computer, die über eine Modem-Schnittstelle oder mit einem akustischen Koppler an das Telefonnetz angeschlossen und mit einer geeigneten Telekommunikationssoftware ausgestattet sind, können mit STN Verbindung aufnehmen.

Eine solche STN-Recherche enthält neben einer internen Zugriffsnummer und einer Feldangabe:

STN--Recherche

- den Titel der Veröffentlichung
- den Namen des Autors
- die Quellenangabe mit ISBN- bzw. ISSN-Nummer
- den Dokumenttyp wie Zeitschrift oder Kongreßprotokoll
- das Publikationsland
- die Sprache des Originaldokuments
- eine Kurzfassung in deutscher oder einer anderen Sprache
- Thesaurusbegriffe in deutscher Sprache

Recherche-Kosten

Die Kosten für eine Recherche setzen sich aus dreierlei Posten zusammen, der Anschaltzeit-Gebühr für den tatsächlich suchenden oder nur auf Ihre Eingabe wartenden Suchrechner in Höhe von je nachdem 2,50 Mark bis 5 Mark pro Minute, den Zitat-Gebühren für sogenannte Ausgabeformate mit Abstract und Quellenangabe von 50 Pfennig bis 1 Mark pro Zitat, sowie aus den vergleichsweise niedrigen Datenübertragungskosten für die Benutzung des Postnetzes. Für eine halbe Stunde Anschaltzeit und 20 nachgewiesene Zitate können also ungefähr 180 Mark an Kosten auflaufen. Für Hochschulangehörige gibt es vielfach Sonderkonditionen mit niedrigeren Gebühren.

Recherchier-Strategie

Um in kurzer Zeit an eine gleichzeitig erfolgreiche und kostensparende Recherche zu kommen, sollten Sie diese entsprechend vorbereiten, wobei Ihnen der Informationsvermittler innerhalb Ihrer Hochschule behilflich ist. Diese Person kennt sich in der Suchsprache aus, die Sie dann nicht selbst lernen müssen. Bringen Sie bereits vorhandene Literatur zu Ihrem Thema zu einem Gespräch mit. Überlegen Sie geeignete Suchbegriffe zu Ihrem Problem und deren englische Übersetzung, da viele Datenbanken englischsprachig arbeiten. Spalten Sie Ihr Problem in Teilprobleme auf, wenn Sie in verschiedene Richtungen vorstoßen wollen. Fragen Sie frühzeitig nach, ob für die ausgewählte Datenbank

Thesaurus

ein Thesaurus existiert. Das ist ein Verzeichnis der bevorzugten Suchwörter oder Deskriptoren, mit denen die Datenbank arbeitet, und ihrer Synonyme. Sie können sich dann auf die entsprechenden Deskriptoren einstellen und vermeiden so, daß der bekanntlich nicht mitdenkende Rechner z. B. erst gar nicht nach VDR-WIDERSTAENDE sucht – wo er nichts findet –, während die Datenbank unter VARISTOR einiges zu bieten gehabt hätte. Versuchen Sie nicht, Vollständigkeit bei einer Recherche anzustreben, weil die Zahl der wenig relevanten Zitate dann unverhältnismäßig stark zunimmmt, die Kosten erheblich ansteigen und Sie die Mühe des Aussiebens hinterher erst recht auf sich nehmen müssen.

Laufende Recherchen

Es gibt eine besondere Dienstleistung einiger Datenbankbetreiber zur bequemen Überwachung der neuesten Literatur, die „Selective Dissemination of Information" (SDI). Diese Einrichtung ist dann nützlich, wenn sich eine Arbeit wie eine Dissertation über einen längeren Zeitraum erstreckt. Haben Sie Ihr Recherche-Profil erst einmal festgelegt, so können Sie den Suchrechner in regelmäßigen, z. B. monatlichen Abständen arbeiten lassen. Die Suche ist dann auf diesen Zeitraum beschränkt. Die gefundenen Zitate werden automatisch ausgedruckt und mit der Post zugesandt, oder sie werden gespeichert und vom Empfänger über das Postnetz abgerufen. Das Recherche-Profil kann zwischendurch auch geändert werden. Die Kosten liegen bei 10 bis 20 Mark pro Suchlauf plus den Gebühren für jedes gefundene Zitat. Für Hochschulangehörige gibt es auch hier Sonderkonditionen.

Liste der Datenbanken

Eine Liste der deutschen naturwissenschaftlichen und technischen Informationszentren befindet sich im Anhang [LÜS–88].

2.6 Diplomarbeiten in Industriefirmen

Wenn Sie eine Diplomarbeit in einer Industriefirma anfertigen, sind ein paar Dinge besonders zu beachten: Industrie

- Die Aufgabe zur Diplomarbeit stellt der Sie betreuende Hochschullehrer als Vertreter der Hochschule. Die Firma kann die Aufgabenstellung also nicht ohne Absprache verändern. Aufgabe

- Der zeitliche Rahmen muß eingehalten werden, auch wenn in der vorgesehenen Zeit das Gerät vielleicht nicht fertig wurde oder irgendwelche Programme noch nicht laufen. Ihre schriftliche Ausarbeitung beschreibt dann eben mehr oder weniger einen Torso. Sie können ja mit der Firma privat vereinbaren, daß Sie ihr nach der Abgabe der schriftlichen Ausarbeitung noch weiter zur Verfügung stehen. Zeitrahmen

- Das Original der schriftlichen Ausarbeitung ist ein Prüfungsdokument und geht in das Eigentum der Hochschule über. Das gilt prinzipiell auch für Tuschezeichnungen und Layout-Folien, die Sie in der Industrie angefertigt haben. Original-dokument

- Bei Arbeiten, die Sie innerhalb der Firma delegiert haben, weil es sich um handwerkliche und keine Ingenieurarbeiten handelt, z.B. bei Zeichen- oder Lötarbeiten, müssen Sie den Grad der Mithilfe angeben. Mithilfe

2.7 Textverarbeitung

2.7.1 Auswahl der Einrichtung

Schreibmaschine

Wenn im folgenden Text vom Maschineschreiben die Rede ist, so ist damit entweder die Arbeit auf einer herkömmlichen Kugelkopf- bzw. Typenrad-Schreibmaschine gemeint oder das Editieren und Ausdrucken mit einem Textverarbeitungssystem. Falls Sie nicht schon früher mit kleinen, einfachen Texten geübt haben und sich die erforderlichen Fertigkeiten erst aneignen müssen, haben Sie außer den Problemen Ihrer Diplomarbeit oder Dissertation noch eine zusätzliche Schwierigkeit auf sich geladen. Es ist ein Kraftakt von der Art, als wollten Sie in einer Zeit hoher Arbeitsbelastung den Führerschein erwerben und gleich anschließend zu einer Gebirgstour aufbrechen. Lassen Sie dann besser den Text von jemand anderem schreiben. Hinweise dazu lesen Sie in den folgenden Abschnitten.

Textverarbeitungssystem

Zehnfingersystem

Sollten Sie Grundkenntnisse mitbringen, aber das Zehnfingersystem für das Maschineschreiben noch nicht beherrschen, wird es jetzt Zeit, daß Sie es einüben. Besorgen Sie sich ein Übungsheft und machen Sie die Übungen durch, jeden Tag etwa eine halbe Stunde lang in der ansonsten wenig kreativen Zeit nach dem Mittagessen. Sie werden staunen, wie rasch Sie sich diese Fertigkeit aneignen. Wenn Sie an der Computer-Tastatur üben, so muß diese nach DIN-Norm Y und Z an der richtigen Stelle, sowie die deutschen Umlaute Ä, Ö, Ü und außerdem das ß enthalten.

Tastatur

2.7.2 Anforderungen an das Textverarbeitungsprogramm

Eventuelle Unzulänglichkeiten eines Textverarbeitungsprogramms zeigen sich auf dem Drucker gnadenlos, z.B. falscher Zeilenabstand oder zu kleine Indexbuchstaben. Solche Mängel dürfen keinesfalls dazu führen, daß Sie dem Leser zumuten, sich durch Ihren Text zu quälen und erst einmal den Sinn Ihrer Druckzeichen zu entziffern.

Textverarbeitungsprogramme gibt es Hunderte, nach verschiedenen Zielvorgaben von unterschiedlich begabten Programmierern entwickelt. Nur wenige sind für technisch-wissenschaftliche Autoren geeignet. Sie können nicht einfach und billig sein, wenn sie einen größeren Zeichenvorrat haben sollen als eine simple Schreibmaschine und außerdem die Möglichkeit der Formeldarstellung. Umso sicherer möchte man wissen, ob sich der Aufwand nicht nur an Geld, sondern auch an Einarbeitungszeit lohnt.

Zeichenvorrat

Gute und weitverbreitete Textverarbeitungsprogramme für den Massenschriftverkehr in einem kaufmännischen Büro können nicht einmal den Satz des Pythagoras als Formel wiedergeben – und müssen es dort auch nicht, wo sie angewendet werden. Oder wären Sie etwa mit einer Darstellung wie $c = \surd(a^2 + b^2)$ als Wurzelfunktion einverstanden?!

Bürosysteme

Dagegen wird von einem technisch-wissenschaftlichen Textverarbeitungsprogramm erwartet, daß es mit einem gewissen Aufwand an Sonderzeichen, Schriftgrößen und Positionierungsmöglichkeiten einen Drucksatz von der Qualität erlaubt, wie man ihn von Zeitschriften und Fachbüchern gewöhnt ist. Indizes, Fußnoten und besondere Gliederungen spielen im Büroalltag keine Rolle, wohl aber in einem wissenschaftlichen Text.

technisch-wissenschaftl. Programme

Die Benutzeroberfläche ist bei einem Textverarbeitungsprogramm etwa das, was bei einem Automobil die Gangschaltung und die Lichtschalter sind. Dort stellt sich anfangs die Frage, wo der Rückwärtsgang und der Nebelscheinwerfer zu finden sind. Hier geht es darum, ob ein Anfänger mit einem gut und logisch aufgebauten Auswahlmenü über Einzeltasten und Tastenfolgen schnell ans Ziel seiner Wünsche kommt, ohne sich viel merken zu

Benutzer-oberfläche

müssen. Andererseits muß es möglich sein, nach der Phase der Einarbeitung durch die sinnreiche Verwendung von Funktionstasten eine Aktion flotter abwickeln zu können, ohne das zeitraubende Durchlaufen von Menütafeln. Der Besucher eines Restaurants wird nur anfangs die Speisekarte mit Interesse auf alle Möglichkeiten hin durchlesen; der Stammgast nennt gezielt seinen Wunsch. Viele Menüzeilen auf dem Bildschirm verbrauchen kostbaren Schreibplatz, Funktionstasten nicht. Wenn man es sich ersparen will, die Bedeutung der Funktionstasten zu merken, verwendet man am besten eine angelegte Schablone mit „Etiketten“. Dies ist vor allem nützlich, wenn man zum Arbeiten das Programm wechselt, z. B. zwischen Textverarbeitung und Tabellenkalkulation. In Kombination mit und ohne die Tasten für Großumschaltung, Steuerung (Control) und Alternativ kann jede der 10 Funktionstasten schon 4 Bedeutungen haben; bei zweierlei Programmen sind das also schon bis zu 80 verschiedene Möglichkeiten.

`Funktions-tasten`

`Tasten-schablone`

`Maus`

Die Benutzung einer Maus als Eingabeinstrument, so wichtig sie bei Grafikprogrammen ist, kann bei einem Textverarbeitungsprogramm den Arbeitsfluß eher hemmen, weil die Hand die Tastatur verlassen muß. Beim Formatieren des Textes und dem Verschieben von Satzteilen kann die Maus von Vorteil sein.

`Hilfstexte`

Ein gutes Textverarbeitungsprogramm bietet für jedes Menüstichwort einen passenden knappen Hilfstext, der vor allem in der Einarbeitungsphase und bei selten benutzten Aktionen weiterhilft, ohne daß man jedesmal im Handbuch nachblättern muß.

`Formatierung`

Die größten Schwierigkeiten bestehen regelmäßig in der Art der Seiten- und Zeilenformatierung. Dabei geht es um das optimale Einpassen des geschriebenen Textes einschließlich aller Bilder und Tabellen zwischen die vier Ränder einer Textseite, selbstverständlich unter Berücksichtigung der Seitenzahlen, etwaiger wiederkehrender Kopfzeilen und der Fußnoten.

Schließlich können Sie von einem guten Textverarbeitungsprogramm verlangen, daß Ihr mit beachtlichem Zeitaufwand verfaßter Text im permanenten Speicher, d. h. der Festplatte des Rechners, in regelmäßigen Zeitabständen gespeichert und damit gegen Stromausfall gesichert wird. Auch vor dem Druckvorgang sollte der Text auf der Festplatte gesichert werden, da eine falsche Druckereinstellung manche Programme zum „Absturz" bringen kann. Wenn der Rechner anschließend an ein solches Ereignis neu gestartet werden muß, ist der Text unwiederbringlich verloren.

automatische Textsicherung

2.7.3 Auswahl des Textverarbeitungsprogramms

Wichtige Auswahlkriterien für ein Textverarbeitungsprogramm sind, in alphabetischer Reihenfolge:

Auswahlkriterien

- Allgemeine Verbreitung, d. h. auch Hilfestellung durch Geübte
- ASCII-Texte aus fremden, z. B. Tabellenkalkulations– oder Datenbank–Programmen importierbar
- Attribute (**fett**, <u>unterstrichen</u>, *kursiv*) kombinierbar (z. B. <u>*U*</u>) — Attribute
- Betriebssystem: MS DOS am weitesten verbreitet
- Blocksatz (auch rechts gerader Rand; Gegenteil: Flattersatz)
- Direkte Drucker-Kommandos für besondere Einstellungen
- Druckertreiber für feste und proportionale Schrittweiten sowie ASCII-Text
- Formeldarstellung mit Brüchen, Exponenten, Indizes, mathematischen Zeichen (vgl. Abschnitt 6 und Anhang 3) — Formeln
- Fußnotenverwaltung, die den Seitenumbruch automatisch berücksichtigt
- Grafiken einmischen und beim Seitenumbruch berücksichtigen — Grafiken
- Hardware-Aufwand: Arbeitsspeicher, Monitor, Tastatur, Maus — Hardware
- Hilfstext für die augenblickliche Arbeitssituation — Hilfstexte
- Hotline-Service für eine schnelle Hilfe bei Sonderproblemen
- Installationshandbuch für die rasche Anpassung an Rechner und Drucker
- Kopf-/Fußzeilen mit kapitelabhängigem Stichwort
- Kombination von bereits geschriebenen mit neuen Textteilen

- Layout–Darstellung ganzer Seiten am Bildschirm
- Makros — Makros (Floskeln, Tastenfolgen) in beliebiger Anzahl und Definition durch den Anwender beschleunigen die Arbeit
- Mehrspaltige Darstellung am Bildschirm und beim Druck
- Rechtschreibhilfe mit Erweiterungsmöglichkeit für Fachwörter
- Referenzhandbuch mit übersichtlichem Aufbau nach Stichwörtern zur raschen Lösung neu oder selten auftretender Aufgaben
- Schulungshandbuch mit Textmustern für rasche Einarbeitung
- Seitennumerierung automatisch und von Hand
- Seitenanzahl — Seitenanzahl unbeschränkt
- Seitenumbruch automatisch und von Hand einstellbar
- Textsicherung — Sicherung des Texts automatisch in wählbaren Zeitabständen
- Statuszeile — Statuszeile mit Dateinamen; Nummern von Seite, Zeile und Spalte; Angabe des Restplatzes auf der laufenden Seite
- Suchen — Suchen und Ersetzen von Text vom Einzelzeichen bis zu mehreren Wörtern
- Tabulatoren für Tabellen rechts- und linksbündig sowie zeichenzentriert
- Tastatur — Tastatur mit anwenderdefinierter Mehrfach-Belegung
- Textteile in beliebiger Länge leicht einzufügen, zu löschen, zu verschieben
- Trennhilfe — Trennhilfe; eine vollautomatische Silbentrennung kann eine falsche Perfektion vortäuschen; sicherer ist ein Programm, das Trennvorschläge angibt.
- Vorlagen für immer wiederkehrende Textteile samt passender Formatierung
- WYSIWYG — WYSIWYG (what you see is what you get): der Bildschirm zeigt den Text so, wie er später auf dem Papier gedruckt wird
- Zeile für Zeile im Format (Anfang und Ende, Abstand) beliebig einstellbar
- Zentrieren von Textzeilen einfach

conditio sine qua non

Einige dieser Stichwörter (am Rand) geben unabdingbare Eigenschaften für ein technisch-wissenschaftliches Textverarbeitungsprogramm an, andere sind Geschmackssache. Formelschreibweise ist essentiell, Mausbedienung nicht. – Technische Kriterien müssen leider dann zurückstehen, wenn Ihnen das Geld für die eigene Anschaffung fehlt und Sie mit dem vorlieb nehmen müssen, was am Institut oder im Rechenzentrum zur Verfügung steht.

Nehmen Sie sich die Zeit für eine Demonstration durch einen Freund oder Bekannten, bevor Sie kostbares Geld ausgeben. Lassen Sie sich eine Demonstrationsdiskette vom Händler schicken. Mißtrauen gegenüber Reklamesprüchen ist besonders angebracht. In manchen Vertriebsprospekten wird großmäulig versprochen, daß auch mathematische Formelzeichen vorhanden sind. Das beschränkt sich dann in der Regel auf die Zeichen α ß Γ π Σ σ μ τ Φ Θ Ω δ ∞ ϕ ϵ ∩ ≡ ± ≥ ≤ ⌠ ⌡ ÷ ≈ ° • · √ ^{n} ^{2} ▪ des erweiterten ASCII-Zeichensatzes. You won't get what you don't see. Demo-Diskette

2.7.4 Beispiele für Textverarbeitungsprogramme: WYSIWYG kontra Formelgenerator

In der folgenden Zusammenstellung von Textverarbeitungsprogrammen für technisch-wissenschaftliche Anwendungen ist zwischen zwei grundsätzlich verschiedenen Gruppen zu unterscheiden. Einerseits sind dies Programme mit WYSIWYG-Darstellung auf dem PC-Bildschirm, bei denen eine Formel direkt am Bildschirm aus Zeichen und Strichelementen zusammengesetzt wird. Andererseits gibt es Programme mit Formelgenerator. Textverarbeitungsprogramme für Büroarbeiten, die keine Möglichkeit zur Darstellung beliebiger Formeln bieten, bleiben außer Betracht. Die Preise können nur ungefähr für 1990/91 angegeben werden; Hochschulen und Studenten erhalten teilweise erhebliche Rabatte bzw. Staffelpreise für Mehrfachlizenzen. 2 Programmtypen

2.7.4.1 WYSIWYG-Programme

WYSIWYG-Programme zeigen auf dem Bildschirm das an, was nachher auf dem Drucker ausgedruckt wird – „what you see is what you get". Diesen Kernsatz darf man nicht immer so streng nehmen. Es kann durchaus sein, daß spätere Proportionalschrift (unterschiedliche Breite etwa der Buchstaben i und m) auf dem Bildschirm-Darstellung

Bildschirm dennoch mit Zeichen gleicher Breite angezeigt wird. Dieser Mangel wird bei der Anordnung von Tabellen sogar zum Vorteil. Formeln gibt man ohnehin besser mit fester, z. B. Pica-Schrift ein.

Zeilenebenen

Bei WYSIWYG-Programmen wie T^3 oder *ChiWriter* geben Sie die gewünschten Zeichen wie z. B. Exponenten, Indizes und Integralgrenzen direkt in verschiedener Höhe über oder unter der Grundlinie ein. Dazu kann man Zeichen halb- oder viertelzeilenweise über mehrere Ebenen hinweg hochstellen (2^{a^2}) oder tiefstellen (U_{E_1}).

WYSIWYG-Programme

Hier einige WYSIWYG-Textverarbeitungsprogramme in alphabetischer Reihenfolge. Bei all diesen steht ein Zeichengenerator zum Erzeugen selbstentworfener Zeichen oder ein entsprechendes Zusatzprogramm zur Verfügung.

- *ChiWriter* von der Fa. Horstmann und Müller Software GmbH, Reutlingen, Tel. 0 71 21–4 28 86, Preis ca. 1100 DM
- *Formeltext* von der Fa. Schultheis Software München, Preis ca. 1500 DM
- *Scientex* von der Fa. Midas Frankfurt am Main, Preis ca. 1100 DM (für Matrixdrucker) bzw. 2000 DM (für Laserdrukker)
- T^3 von der Fa. RFI Mönchengladbach, Tel. 0 21 61–655–117, Preis ca. 2400 DM (inkl. 3 Druckertreiber)
- *Wi-Tex* von der Fa. Schmidtke Computertechnik, Aachen, Tel. 02 41–2 32 17, Preis ca. 440 DM
- *WordLayout* von der Fa. Hilchner Daten und Medien, Neuss, Tel. 0 21 01–3 02 30, Preis ca. 500 DM

Das Textverarbeitungsprogramm • *Signum* gehört ebenfalls in diese Gruppe. Es wurde für den *Atari ST* entwickelt, ist aber für den IBM-kompatiblen PC nicht erhältlich.

2.7.4.2 Formelgenerator-Textverarbeitungsprogramme

Im Gegensatz zu den WYSIWYG-Programmen gibt es eine Reihe von Textverarbeitungsprogrammen mit Formelgenerator, die fortlaufenden Text schon auf dem Bildschirm auch fett, kursiv oder unterstrichen anzeigen, aber ein direktes Hoch- oder Tiefstellen von Zeichen in mehreren Ebenen nicht kennen. Sowohl Text, als auch Formeln werden in einem „Editier-Modus“ geschrieben. Der Ausdruck der Formeln auf dem Papier gelingt dann später mehr oder weniger gut, fast so wie im Mathematikbuch. Zum Kontrollieren dieses späteren Ausdrucks bereits auf dem Bildschirm kann man in einen „Layout-Modus“ umschalten, der der WYSIWYG-Darstellung entspricht.

Editier-Modus

Die Anwendung eines Formelgenerators bedeutet, daß Sie z. B. nach dem Drücken einer bestimmten Befehlstaste den Text

Formelgenerator

sum unter [x=0] über unendlich x = wurzel [a + b tief x]

im Editier-Modus schreiben (gerade so, als ob Sie ihn durchs Telefon weitergeben würden), um nachher auf dem Papier stehen zu haben:

$$\sum_{x=0}^{\infty} x = \sqrt{a + b_x}$$

Verbesserungen in der Anordnung der Zeichen zueinander können für den weniger Geübten sehr zeitraubend sein, da der Erfolg bei manchen Programmen erst nach dem Ausdruck auf dem Papier sichtbar wird.

Kontrolle erst auf dem Papier

Hier einige Programme mit Formelgenerator (Programme wie *WordStar*, die Formeln nur über umständliche Grafikzusätze schreiben können, bleiben hier unberücksichtigt):

Programme mit Formelgenerator

noch:
Programme mit
Formelgenerator

- *Ami Professional* von der Fa. Samna, Eschborn, Tel. 0 61 96–4 80 01, Preis ca. 1700 DM, verlangt als Zusatzprogramm *Windows* (Preis ca. 550 DM) und möglichst einen 386er-Rechner.

- *LargeWindows* von der Fa. Stark Verlagsges. mbH, Freising, Tel. 0 81 61–1 30 81, Preis ca. 1000 DM plus Formelgenerator ca. 600 DM.

- *Lotus Manuscript* von der Fa. Lotus Development GmbH, München, Tel. 0 89–2 35 08 60, Preis ca. 1100 DM.

- *TEX* von D. E. Knuth und der American Mathematical Society, kostenlos (außer den Programm-Handbüchern und Druckertreiber-Programmen), ist ein Satzsystem, das technisch-wissenschaftlichen Textsatz in hoher typographischer Qualität erzeugen kann. Mathematischer Formelsatz wird in besonderer Weise unterstützt. Die Anpassung auf deutsche Tastatur und deutsches Seitenformat ist nicht selbstverständlich.

- *Word for Windows (WinWord)* von der Fa. Microsoft GmbH, Unterschleißheim, Tel. 0 89–31 70 50, Preis ca. 1900 DM, verlangt als Zusatzprogramm *Windows.*
  Anmerkung: Mit *Word* von derselben Firma lassen sich mathematische Formeln nur so weit wie mit dem Zeichenvorrat einer Schreibmaschine und den ASCII–Zeichen nach Seite 25 schreiben.

- *WordPerfect* von der gleichnamigen Firma, Tel. 0 61 96–90 40, Preis ca. 1800 DM, verwendet einen schnellen Formelgenerator.

3 … 18 DAS MANUSKRIPT

Manuskript

Im Computer-Zeitalter bedeutet „Manuskript“ nicht nur fortlaufend handgeschriebenen (lat. manu scriptum) Text, sondern ebenso die erste oder auch schon verbesserte Fassung der mit Computer und Drucker geschriebenen Ausarbeitung im Gegensatz zur Stichwortsammlung einerseits und zur fertigen Druckvorlage andererseits. Der an sich richtigere Ausdruck „Typoskript“ hat sich bisher nicht durchgesetzt.

3 Zum Gliederungs–Entwurf

Erster Entwurf

Wenn Sie einiges Material für die schriftliche Ausarbeitung schon während der Durchführungsphase Ihrer Diplomarbeit oder der Definitionsphase Ihrer Dissertation gesammelt haben, oder wenn Sie Wartezeiten nützen müssen, dann schreiben Sie einen ersten Gliederungs-Entwurf. Er ist nicht nur das Gerüst für Ihren künftigen Text, sondern gleichzeitig Planungsgrundlage für Ihre gesamte Arbeit, also auch für den praktischen Teil. Von Anfang an ist er je nach dem Arbeitsfortschritt ständigen Änderungen unterworfen.

Ordner mit Platzhaltern

Es ist hilfreich, einen Büro-Ordner voller „Platzhalter“ aus Karton oder Papier geeigneten Formats anzulegen; dafür reicht zu Beginn einfaches Schmierpapier aus. Die erste Seite ist später der Entwurf für die Vortitelseite, die zweite Seite ergibt das Titelblatt. Diese beiden sind in diesem Stadium noch nicht wichtig. Sie schreiben das Stichwort dazu einfach oben an den Rand – und fertig.

Gliederung

Von der dritten Seite an erscheinen eine oder mehrere Seiten des Inhaltsverzeichnisses, d.h. diese enthalten zunächst einen Entwurf für die künftige Gliederung. Sehen Sie dazu Ihr Tagebuch durch oder machen Sie sich aus dem Kopf Gedanken über die Aufteilung des Text- und Bildmaterials, wie Sie es sich vorstellen.

Weitere Platzhalter

Bezeichnen Sie die restlichen Schmierblätter nach diesem ersten Entwurf ebenfalls mit einem Stichwort am oberen Rand. Schreiben Sie Gedankenblitze zum Inhalt darunter in Doppelklammern ((...)). Das sind sozusagen Regieanweisungen für die spätere Ausarbeitung. – Notieren Sie auch Stichwörter über weitere Vorhaben am Ende halbfertiger Textabschnitte.

ZIELMARKE 3–1

▾ Ordner mit Platzhaltern angelegt. Datum: ______________

Gehen Sie mit dem Gliederungs–Entwurf (vorläufiges Inhaltsverzeichnis) zu Ihrem Betreuer zur Diskussion und Bestätigung.

ZIELMARKE 3–2

▾ Gliederungs–Entwurf besprochen. Datum: ______________

Ausgeschriebener Text

Ersetzen Sie die Platzhalter aus Schmierpapier so nach und nach durch die Seiten des ordentlich ausgeschriebenen Manuskripts. Sollten Sie feststellen, daß Sie etwas Wichtiges vergessen haben, so ist schnell ein neuer Platzhalter eingeschoben.

4 Schreibweise von Abschnittnummern

Dezimalteilung

Allgemein üblich ist heutzutage die dezimale Unterteilung nach DIN 1421:

1	....
1.1	....
1.2	....
2	....
2.1	....
2.1.1	....
2.1.2	....
2.2	....
3	....
...	...

Sie haben sicher bemerkt, daß die Abschnittnummern weder mit einem Punkt noch mit einer runden Klammer abgeschlossen werden, so wie man lesen würde: „Abschnitt eins – Einleitung" usw. Zwischen der Abschnittnummer und dem Überschrift-Text stehen mindestens 2 Leeranschläge.

Unterteilung

Auf einen Unterabschnitt (z.B. 1.1) folgt mindestens noch einer (also z.B. 1.2), sonst ist die Unterteilung mißlungen. Unterteilungen 2. Grades mit 2.1.1 usw. sind durchaus üblich. Vom 3. Grad an, mit 2.1.1.1 usw. wird die Gliederung bereits unübersichtlich, und was darüber hinausgeht, ist vom Übel. Fassen Sie dann lieber Hauptabschnitte gruppenweise („3...16 ...") zu einer Obergruppe unter einer gemeinsamen Überschrift zusammen. So vermeiden Sie eine scheinbar binäre Numerierung mit der häufigen Wiederkehr der Ziffern 1 und 2.

Ohne Nummer

Für kurze Abschnitte auf ein und derselben Seite können Sie zum Vermeiden überlanger Ziffernketten womöglich ganz auf Abschnittnummern verzichten, oder Sie verwenden statt einer

Spiegelstriche

Abschnittnummmer einen Gedankenstrich, der drucktechnisch Spiegelstrich genannt wird. Bei Aufzählungen von Stichwörtern in einer kurzen Liste verwendet man ebenfalls solche Spiegelstriche, alternativ auch Großpunkte in runder (•) oder dreieckiger (▸) Form oder ein etwas abgesetzt vorangestelltes kleines o.

– ....
– ....
– ....

• ....
• ....
• ....

▸ ....
▸ ....
▸ ....

o ....
o ....
o ....

Vorläufige Nummern

Wegen späterer Einfügungen sollte man die Abschnittnummern nicht schon bei der ersten Reinschrift, sondern erst später eintragen, eventuell dann auch von Hand oder mit einer Schriftschablone. Wenn Sie ein Textverarbeitungsprogramm verwenden, das keine automatische Abschnittnumerierung kennt, können Sie mit dem Suchen-Ersetzen-Modus die vorläufigen Abschnittnummern auf einfache Weise später noch abändern. Besonders einfach geht das, wenn Sie zunächst vor jede Abschnittnummer – auch bei Querverweisen im Text – ein Sonderzeichen wie das Nummernzeichen # oder den Stern * setzen. Vor dem endgültigen Druck suchen Sie alle diese bezeichneten Stellen auf, löschen das #-Zeichen und kontrollieren die Nummern auf Richtigkeit. –

Eine große Erleichterung ohne den Zwang zu solchen Vorsichtsmaßnahmen bietet ein Textverarbeitungsprogramm mit automatischer Abschnittnumerierung. Bei späteren Einfügungen werden durch einstellbare „Zähler" alle folgenden Kapitel konsequent umnumeriert. Dies gilt auch für Querverweise im Text und für solche Bild- oder Tabellennummern, die auf die jeweilige Abschnittnummer bezogen sind.

Inhaltsverzeichnis

Das Inhaltsverzeichnis trägt keine Abschnittnummer, da es kein Textabschnitt ist. Das gilt sowohl für das Inhaltsverzeichnis des Hauptteils als auch für das des Anhangs.

Anhang

Numerieren Sie die Abschnitte des Anhangs mit A1, A2, usw. (Der Leser hat übrigens ganz durchlaufende Seitennummern lieber als eine besondere Numerierung der Seiten des Anhangs.)

Querverweis

Es ist nicht einfach vorauszusagen, wo der Leser einen Querverweis erwarten wird. Im Zweifel lassen Sie ihn lieber weg, weil jeder Querverweis den Lesefluß hemmt. Querverweise haben die Form „(s. S. 5)" oder „(vgl. S. 5)". Statt „S." kann je nachdem „Abschn." für Abschnitt, „Bild" oder „Tabelle" stehen.

5 Schreibweise von Überschriften

Hervorhebung

Unterstreichen Sie Überschriften nicht. Das ergibt ein unruhiges Schriftbild. Fügen Sie stattdessen die richtige Menge an Leerzeilen ein, vor der Überschrift (oder den Überschriften) 2, danach 1 Leerzeile. Manche Textverarbeitungsprogramme erlauben **Fettdruck** oder auch eine andere Schriftgröße. Prüfen Sie an einem Muster nach, ob das Schriftbild dadurch wirklich besser wird. Unterstreichen Sie Überschriften nur dann, wenn der Betreuer Ihrer Arbeit dies ausdrücklich verlangt.

Gehen Sie mit GROSSBUCHSTABENSCHRIFT äußerst sparsam um, allenfalls um Überschriften von Hauptabschnitten hervorzuheben. Sie ist kein Ersatz für eine andere Schriftgröße.

Kein Schlußpunkt

Hinter Überschriften steht weder ein Punkt noch ein anderes Satzzeichen.

Anzahl

Setzen Sie pro Seite nicht zu viele, am besten nicht mehr als 2 Überschriften ein, damit der Text immer noch ein geschlossenes Bild bietet.

Länge

Überschriften sollten auf 1 Zeile passen, um den Stichwortcharakter zu betonen. Ausnahmen von dieser Regel muß man den Chemikern zubilligen. Beispiel:

„Darstellung des Eisen-P,S-Chelatkomplexes 1-Carbonyl-1-(η^5-cyclopentadienyl)-2-cyclohexyl-2-isopropyl-3-thio-4-methyl-4,2,1-azaphosphaferracyclopentan-3,5-dion“.

Im übrigen passen ganze Sätze als Überschriften höchstens zu illustrierten Zeitschriften.

6 Schreibweise von Formelzeichen und Einheiten

Einheiten

Genormte Begriffe, Formelzeichen und Einheiten zu verwenden ist immer empfehlenswert, um lange Erklärungen zu ersparen und den Leser nicht unnötig zu verunsichern (z.B. DIN 1301 Einheiten; vgl. Anhang). Das Einheitenzeichen für die Sekunde ist z.B. „s“ und nicht „sec“.

Falsche eckige Klammern

Einheitenzeichen dürfen nicht in eckige Klammern gesetzt werden, etwa $I = 3{,}8$ [A], da [A] nach Norm die Einheit der Fläche A bedeutet, also m^2. Gegen diese Festlegung wird auch in vielen Firmenschriften noch verstoßen, was natürlich den Fehler nicht besser macht.

Falsche Indizes

Indizes an Einheiten sind immer falsch. Die Spitze-Spitze-Spannung (nach DIN 5483 besser Spitze-Tal-Spannung) ist z.B. $U_{ss} =$ 10 V und nicht 10 V_{ss} oder 10 Vpp. Einheiten nicht als Index schreiben wie $f_{/\mathrm{Hz}}$, sondern auf Zeile:

$$f/\mathrm{Hz} \text{ oder } \frac{f}{\mathrm{Hz}}.$$

Kursivzeichen

In Büchern sind Formelzeichen kursiv und Einheitenzeichen senkrecht gedruckt. Bei der Schreibmaschine und älteren Druckern fehlt diese Unterscheidungsmöglichkeit. In Zweifelsfällen kann man deshalb die Zahl 1 vor das Einheitenzeichen schreiben, z.B.:

$$\frac{\mathrm{f}}{1\ \mathrm{Hz}}.$$

Zweideutiges

Es ist ein Unding, in einer Formel denselben Buchstaben zweimal mit *gleicher* Schriftneigung für verschiedene Bedeutungsinhalte zu verwenden. Beispiel: In einer Formel für das Drehmoment wurde der Buchstabe m nebeneinander für die physikalische Größe(!) Masse *und* für die Längeneinheit m verwendet:

$$\mathrm{M} = \mathrm{m} \cdot 9{,}81 \frac{\mathrm{m}}{\mathrm{s}^2} \cdot 0{,}75\ \mathrm{m}$$

Größenindex

Da Einheiten nie Indizes tragen, wäre das Problem schon gelöst gewesen, wenn zur Unterscheidung die Masse mit m_1 bezeichnet worden wäre.

Vorsätze

Die Regeln bei Einheitenvorsätzen sind streng. Die Einheit Kilohertz wird nicht mit großem K (Kelvin!) geschrieben, sondern kHz. Sie sollten das gleich im Manuskript berücksichtigen, um spätere Maschinenschreibfehler von vornherein auszuschließen.

Keine Zahlenwert-Gleichungen!

In einem Text, der wissenschaftlichen Ansprüchen genügen will, darf es keine Zahlenwertgleichungen wie zu Großvaters Zeiten geben, z.B. für das Drehmoment M eines Motors mit der Drehzahl n und der Leistung P etwa die Form:

$$M = \frac{30 \cdot P}{\pi \cdot n} \quad (?!).$$

Nur Größengleichungen und zugeschnittene Größengleichungen sind erlaubt.

Grad-Zeichen

Das Gradzeichen „°" wird immer wie ein Exponent-Zeichen an eine Zahl angehängt. Wird in einer Formel durch Winkelgrad dividiert, so muß z.B. $\varphi/1^\circ$ geschrieben werden. In Tabellen führt jeder Winkel-Zahlenwert das Gradzeichen. Im Gegensatz dazu gehört das Gradzeichen bei Celsiustemperaturen **nicht** an die Zahl, sondern direkt vor das C: 20 °C ist richtig, 20° C falsch. Die Abkürzung „grd" ist als Einheitenzeichen in keinem Fall mehr zulässig.

Punkt und Komma

In deutschen Texten werden Dezimalbrüche mit Komma geschrieben, z.B. 0,15 µs, und nicht wie im Englischen mit Punkt, .15 µs. Vor allem in der Schweiz ist ein Trend zum Dezimalpunkt hin zu beobachten. Konsequenz in der Anwendung bewahrt den Leser vor Verwirrung. Der Multiplikationspunkt (a·b) muß auf der Mitte der Buchstabenhöhe stehen, nicht am unteren Zeilenrand (a.b). Der Stern * hat in der Mathematik eine andere Bedeutung als der Multiplikationspunkt (ASCII-Zeichen Nr. 250).

Bei Aufzählungen von Werten einer Größe innerhalb eines Textes soll die Einheit hinter jede Zahl geschrieben werden. Das gilt auch für den Wert null. Ausnahmen bestätigen die Regel. Beispiele:

Aufzählungen

Widerstände der Werte $R = 10$ kΩ, 15 kΩ, 22 kΩ, 33 kΩ, 47 kΩ, 68 kΩ und 100 kΩ.

Spannungen der Werte $U = 0$ V, 110 V, 220 V

aber: Drehstromnetz 220/380 V

Bei Bereichsangaben gelten die folgenden Regeln:

Bereichs-angaben

- Innerhalb eines laufenden Textes wird „bis“ ausgeschrieben: „... bei Massen von 10 kg bis 50 kg.“
- In Auflistungen, bei Gleichungen und in Tabellen wird „bis“ mit 3 Punkten wiedergegeben: „I = 10 A, 20 A, ..., 100 A“ (11 Einzelwerte)“.
- Bei beliebigen Werten aus dem Bereich 10 A $<$ I $<$ 100 A schreibt man dagegen: „I = 10 A bis 100 A“.

Wird ein Bereich unbestimmt angegeben, so werden solche Einheiten ausgeschrieben, die nur aus einem einzigen Buchstaben bestehen, also „... ein Strom von einigen Ampere“, dagegen abgekürzt bei Einheitenvorsätzen: „... ein Strom von einigen mA“, „... mit einer Geschwindigkeit von wenigen km/h“ [VDE–86].

Besondere Eigenschaften von physikalischen Größen werden an den Formelzeichen wie folgt bezeichnet (vgl. Anhang: Attribute für Formelzeichen):

Formelzeichen

- Vektoren durch einen übergesetzten Pfeil, $\vec{v}$
- komplexe Größen (Zeiger) durch Unterstrich, $\underline{U}$
- konjugiert komplexe Größen zusätzlich durch Stern, $\underline{U}^*$
- Mittelwerte durch Überstrich, $\bar{x}$
- Amplituden (Scheitelwerte) durch ein Dach, $\hat{u}$
- Matrizen durch Fettdruck, $\boldsymbol{M}$
- Beträge von Vektoren, Zeigern und Matrizen durch senkrechte Striche davor und dahinter, $|\vec{v}|$, $|\underline{U}|$, $|\boldsymbol{M}|$.

Mittelwert und Gleichrichtwert

Zu unterscheiden ist demnach der Betrag des Mittelwerts (der Mittelwert an sich kann negativ sein), $|\bar{x}|$, vom Gleichrichtwert einer Sinusgröße, $\overline{|x|}$. Das wird leider selbst in anerkannten Fachbüchern übersehen. Besteht doch da ein Unterschied wie bei einem Ei: wird es zuerst erhitzt und dann geschält, handelt es sich um ein Osterei; wird es dagegen zuerst aus der Schale genommen und dann erhitzt, so wird ein Spiegelei daraus.

Groß-Delta

Größen werden grundsätzlich nur mit einem einzigen Buchstaben bezeichnet, an den gegebenenfalls ein oder mehrere Indexbuchstaben und Exponenten angehängt werden. Zu den wenigen Ausnahmen gehören die Differenzbezeichnung Δ..., z. B. ein Zeitintervall Δt, und das Differential d..., z. B. dt.

Schrift-schablone

Wenn Sie mit der Schreibmaschine oder mit einem Textverarbeitungsprogramm arbeiten, das eine korrekte wissenschaftliche Schreibung von Formeln und Gleichungen nicht ermöglicht, so tragen Sie diese am besten von Hand oder mit einer Schriftschablone nach. Es sieht meist besser aus als mit der Maschine und bewahrt bei der Texteingabe vor Verzweiflung. Schreiben Sie auf keinen Fall so einen üblen Scherz wie „omega*t" statt „ωt".

Sonderzeichen-Platzhalter

Markieren Sie Zeilen mit solchen Sonderzeichen, die auf der Schreibmaschine oder dem Drucker nicht vorhanden sind, z.B. φ, ω, ∂, am Rand der Manuskriptseite mit einem Zeichen („Fähnchen"). Beim Maschineschreiben bleibt dort ein Leerschritt. So finden Sie später leichter die Stellen, wo Sie Sonderzeichen von Hand nachtragen müssen.

Querverweis

Haben Sie im Text einen Querverweis auf Seite ... oder Gleichung (...) vorgesehen, von denen Sie im Manuskript die Seiten- oder Gleichungsnummer noch nicht kennen, so markieren Sie die pünktchenträchtige Zeile ebenfalls mit einem Fähnchen am Blattrand. Sie vermeiden so einen der häufigsten Übertragungsfehler.

7 Formelsatz

Formel-
schreibung

Formeln schreiben Sie am besten von Hand oder mit der Schriftschablone, wie im vorigen Abschnitt erwähnt, wenn Ihnen nicht ein technisch-wissenschaftliches Textverarbeitungsprogramm zur Verfügung steht. Bruchstriche müssen genau auf der Höhe der Gleichheitszeichen stehen. Unterscheiden Sie wegen der unterschiedlichen Bedeutung streng zwischen Klein- und Großbuchstaben. Präzise Schreibweise verlangen besonders die Buchstaben c, C; o, O (und 0!); s, S; u, U; v, V; w, W und z, Z.

Gleichungs-
nummern

Gleichungen werden immer am rechten Seitenrand mit (...) numeriert bzw. es werden in den Maschinentext die Klammernummern von Hand nachgetragen.

Indizes

Indizes bei Formelzeichen **müssen** tiefergestellt werden.

Bauteil-
nummern

Nicht zu verwechseln mit der Formelgröße, z.B. Kapazität C_2, ist dagegen das zugehörige Bauelement, z.B. der Kondensator mit der Bauteilnummer C2. Bauelemente werden durchnumeriert mit Buchstaben und Ziffern. Beispiele für solche Bauteilnummern sind R4, C2, D5. Dies gilt für fortlaufenden Text und vor allem für Stromlaufpläne, Schaltteillisten und Bestückungspläne im Textteil Anhang. Die Kennbuchstaben für die Bauteilnummern sind in DIN 40 719 T2 zusammengestellt (siehe Anhang).

Schlechte
Index-
buchstaben

Verwenden Sie keinen Drucker minderer Qualität, der die Buchstaben a, e und s nur noch in Form eines schwarzen Kleckses wiedergibt, wenn sie hochgestellt als Exponent bzw. tiefgestellt als Index zu drucken sind. Fatal wird das Ergebnis besonders dann, wenn – etwa bei einer Dissertation – die Vorlagen vom Originalformat DIN A4 auf das Druckformat DIN A5 verkleinert werden. Im Zweifelsfall sind diese Zeichen dann eben in Originalgröße eine halbe Zeile höher bzw. tiefer zu drucken.

8 Bilder

Bilder extra

„Ein Bild sagt mehr als tausend Worte“ lautet ein altes Sprichwort. Das gilt auch für Darstellungen bei Diplomarbeiten und Dissertationen in den Ingenieur- und Naturwissenschaften. Zeichnen Sie Ihre Bilder eventuell auf Extrablätter zum späteren Einkleben in die mit Text bedruckten Seiten, damit Sie bei Textkorrekturen nicht die Zeichnungen auch nocheinmal von vorne anfangen müssen. Mit dem Kopierer können Sie dann das Format an den im Text vorhandenen Platz anpassen, falls erforderlich, z. B. im Maßstab 1:2. Achten Sie besonders darauf, daß in diesem Fall die verkleinerte Schrift trotzdem leserlich bleibt. Die Originale dieser Zeichnungen müssen evtl. zum Nachweis der selbständigen Erarbeitung im Anhang erscheinen.

Zeilen-schablone

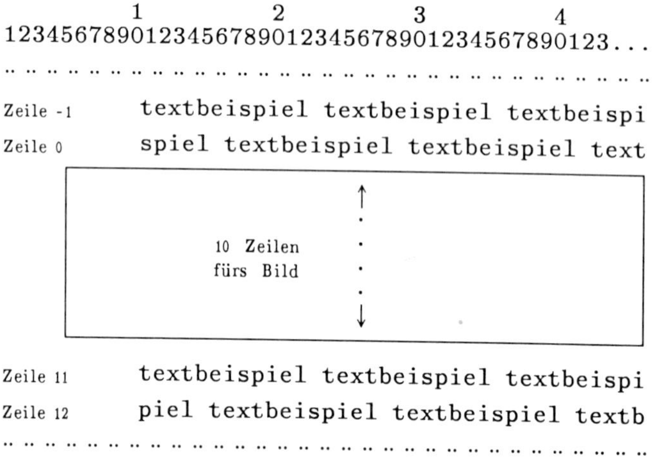

BILD 8-1. Beispiel für Bildraum und Zeilenschablone

Fertigen Sie mit einem Probeausdruck eine Zeilenschablone mit den in Bild 8–1 oben gezeigten Spaltennummern an. Außen an den linken Rand schreiben Sie von oben nach unten die Zeilennummern. Der letzten Textzeile oberhalb des Bildes bzw. des noch: Zeilenschablone

Platzes für ein Bild entspricht die Zeile Nummer 0. Der Zeilenabstand ist 1½zeilig. Kopieren Sie die ausgedruckte Vorlage für die Zeilenschablone auf eine Folie. – In das Manuskript tragen Sie die Anzahl der für das Bild ausgesparten Zeilen mit senkrechtem Pfeil ein. Beachten Sie dabei, daß der Text 1½zeilig geschrieben ist. – Im Handel gibt es fertige Zeilenschablonen und Textlineale aus durchsichtigem Kunststoff in der Größe DIN A4 mit Zeilen- und Spaltenraster in verschiedenen Ausführungen für die Zeichendichte 10 Zeichen pro Zoll (Pica-Schrift) und 12 Zeichen pro Zoll (Elite-Schrift). Beachten Sie jedoch, daß diese Schablonen 1zeilig numeriert sind, Ihr Text aber nicht 1zeilig ist. In diese Zeilenschablonen können Sie auch Randlinien für das Seitenformat eintragen (vgl. den späteren Abschnitt hierzu).

▾ Zeilenschablone angefertigt oder beschafft. Datum: __________ ZIELMARKE 8–1

Bildunterschrift

Die Bildunterschrift ist ein kurzer Hinweis auf einer oder höchstens 2 Zeilen mit 1zeiligem Abstand und ohne Punkt am Schluß, z.B.: „Bild 1. Blockschaltbild des Netzwerks“. Wie der Name sagt, steht die Bildunterschrift immer **unterhalb** eines Bildes oder seitlich am unteren Bildrand. Das Wort „Abbildung“ und seine Abkürzung „Abb.“ anstelle von „Bild“ gelten als veraltet.

Bildquelle

Bei Bildern, die aus fremden Quellen übernommen worden sind, muß unbedingt die Herkunft angeben werden, z. B. „(Foto: Firma XY)“, oder bei einer Literaturstelle z.B.: „(Quelle: Meier und Müller [15])“ oder einfach im Anschluß an die Bildunterschrift „[15]“.

Legende

Die Legende für ein Bild, d. h. Erklärungen für im Bild verwendete Abkürzungen und Sonderzeichen stehen in der nächsten Zeile oder den nächsten Zeilen unmittelbar unter der Bildunterschrift. Zwischen Abkürzung und Erklärung steht weder ein Doppelpunkt, noch ein Gleichheitszeichen oder ähnliches. Beispiel: *e* Eingang, *a* Ausgang.

Text im Bild

Oft sieht es besser aus, wenn Sie Wörter innerhalb von Bildern, insbesondere von Blockschaltbildern, von Hand eintragen und hier nicht mit der Schreibmaschine oder dem Drucker herummurksen. Das geht im wörtlichen Sinne schief.

Plottermängel

Manche CAD-Systeme verwenden unnötig große Buchstaben beim Ausplotten, so daß der Bildeindruck im ganzen darunter leidet. Zu dicke Plotterstifte lassen die Buchstaben bis zur Unleserlichkeit verschwimmen. Die Verantwortung für eine solche Zeichnung trägt in jedem Fall der Verfasser.

Hinweisstriche

Erläuterungen von Einzelheiten eines Bildes können wie bei einer Maschinenbau-Zeichnung aus Platzmangel mit Hinweis- oder Bezugsstrichen außerhalb angeordnet werden, jedoch nicht bei Stromlaufplänen der Elektrotechnik. Bei größerem Platzmangel stehen an den Enden der Hinweisstriche hilfsweise nur kursive Zahlen, die in der Legende zum Bild erklärt werden.

Beschriftungen an Linien

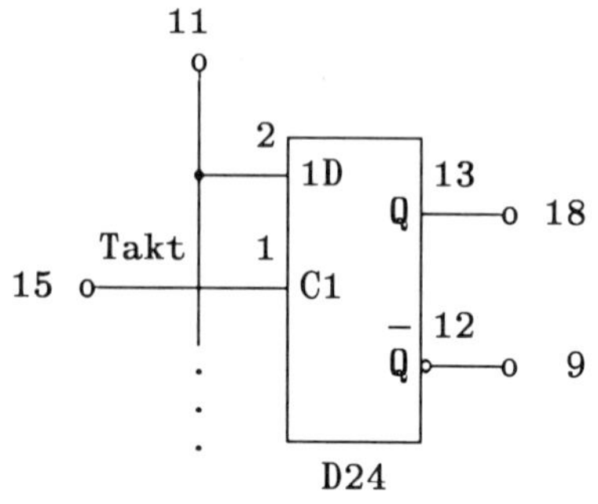

BILD 8-2. Beschriftungen an Linien

Beschriftungen an Linien werden immer **darüber** (bei waagrechten) bzw. **links** davon (bei senkrechten) geschrieben. Dieses gilt auch für Anschlußnummern usw. in Stromlaufplänen. An senkrechte Linien wird ein Wort von unten nach oben geschrieben, also um 90 Grad im Gegenuhrzeigersinn gekippt. Steckeranschlußnummern stehen in der Verlängerung der Leiterlinien zum Rand hin.

Querformat

Bilder im Querformat werden um 90 Grad im **Gegen**uhrzeigersinn gedreht, so daß beim Druck auf der rechten Seite ihr oberer Rand in die Buchmitte kommt. Es ist dann nur konsequent, daß Wörter an senkrechten Linien innerhalb solcher Querformatbilder bei normaler Buchlage auf dem Kopf stehen.

Schaltzeichen

Eine nützliche Zusammenstellung der gebräuchlichen Schaltzeichen verschiedener DIN-Normen finden Sie z.B. in [FRI–89]. Es ist natürlich unzulässig, beim Arbeiten mit einem CAD-System Schaltzeichen einfach mit einem anderen Sinn zu verwenden, nur weil das vorhandene System ein benötigtes Schaltzeichen nicht kennt. Da hilft dann nur Handarbeit.

Fotos

Beim Betrachten von Fotografien eines Gerätes, z. B. von Bildern der Frontplatte mit den Bedienelementen, der Rückseite mit Steckanschlüssen und wichtiger Innenteile, kann sich der Leser leichter ein Bild vom Gegenstand einer Arbeit und von dessen Aufbau machen. Auch die Umgebung des Gegenstandes der Arbeit, z. B. der Einsatzort oder die gesamte Anlage, von der nur ein Teil bearbeitet wurde, wird ihm so leichter zugänglich. Die Ausleuchtung bei der Aufnahme, die richtige Wahl der Härte des Fotopapiers und die günstigste Schärfentiefe sind wesentliche Stufen zum Erfolg für ein gutes Foto. Damit können der Kontrast von Konturen und wichtige Einzelheiten betont werden. Selbst professionelle Fotografen machen immer mehrere Versuche mit diesen Arbeitsmitteln und sind mit dem Filmmaterial nicht knauserig. Eine danebengelegte Streichholzschachtel oder ein Kugelschreiber verschaffen dem Betrachter eine Vorstellung von der Abmessungen eines Geräts. Weiter Anregungen finden sich in der einschlägigen Literatur, z. B. [GRE–89].

Einbinden von Grafik

Bei Textverarbeitungsprogrammen der gehobenen Klasse und mit geeigneten Druckern, z. B. Laserdruckern, lassen sich Bilder, die mit Grafikprogrammen hergestellt wurden, in den Text einbinden. Auf einer Textseite wird dabei für das jeweilige Bild ein Bildraum nach Lage und Ausdehnung definiert. Das Textverarbeitungsprogramm sorgt dafür, daß der fortlaufende Text beim Seiten- und Zeilenumbruch den Bildraum umfließt. Das ursprüngliche Bildformat wird beim Druck an den vorgesehenen Bildraum angepaßt. Isotropische Anpassung meint dabei, daß ein Kreis des Originalbildes auch als Kreis und nicht als Ellipse zu Papier kommt. Innerhalb des Bildraums kann ein Bild millimetergenau positioniert werden. Da die Datenformate der Grafikprogramme verschieden sind, können Schwierigkeiten beim Druck auftreten. Prinzipielle Unterschiede in diesem Punkt bestehen zwischen Pixel-Grafiken (aus engl. *pict*ure *el*ement, z. B. mit dem Grafikprogramm *MS Paintbrush*) und Vektor-Grafiken (z. B. mit dem Grafikprogramm *AutoCAD*). Für technisch-wissenschaftliche Anwendungen sind Vektor-Grafikprogramme besser geeignet, während Pixel-Grafikprogramme für Muster-Designer empfehlenswert sind. Es gibt Hilfsprogramme im Handel, mit denen Grafik-Dateien umgewandelt und an die Druckertreiber angepaßt werden können.

9 Tabellen

Platz für Tabelle

Zum Einpassen von Tabellen in den Text gilt dasselbe wie für Bilder, was das Arbeiten mit Zeilenschablonen, bzw. mit bildeinbindfähigen Textverarbeitungsprogrammen anlangt.

Tabellen-überschrift

Tabellen sind **nie** ein Abschnitt für sich, außer vielleicht solche im Textteil Anhang. Jede Tabelle beginnt mit einer Tabellen**über**schrift. Diese ist ein kurzer Hinweis auf möglichst wenigen Zeilen mit 1zeiligem Abstand und ohne Punkt am Schluß, z. B.: „Tabelle 1. Meßwerte der Ausgangsspannung". Das Wort Tabelle wird nicht abgekürzt.

Orientierung

Gleichartige Parameterwerte stehen in Spalten stellenwertrichtig untereinander, nie in Zeilen nebeneinander, auch nicht bei Einfügungen im Textteil. Konstanten gehören nicht in eine Meßtabelle, weder als Angabe der Meßbedingungen, noch als Ergebnisse von Messungen. Sie werden im Begleittext angegeben und vielleicht zusätzlich in der Tabellenüberschrift genannt.

Untertcilung

Daß Schreibmaschinen und Drucker oft keine sauberen senkrechten Linien zu Papier bringen, ist kein Grund, auf eine übersichtliche Unterteilung einer Tabelle zu verzichten. Hierfür sind von Hand mit Lineal und Tusche eingesetzte Linien die bessere Alternative.

Behelfsmäßige Linien

Für vorläufige Tabellen im Anhang, die mit Schreibmaschinenzeichen von Typenraddruckern ausgedruckt werden sollen – Umrahmungszeichen können diese nicht drucken – , kann man notfalls Minusstriche (–) und Ausrufezeichen (!) anstelle waagrechter und senkrechter Trennlinien, sowie Pluszeichen (+) für die Eckpunkte verwenden. Vergleichen Sie aber das abschreckende Beispiel in Tabelle 9–1a mit der Tabelle 9–1b.

Tabelle 9–1a. Strom und Scheinwiderstand als Funktion der Frequenz

```
+-----++------+------+
!  f  !!  I   !  Z   !
! --- !! ---  ! ---- !
! Hz  !!  mA  ! kOhm !
+-----++------+------+
! 100 !! 0,95 ! 6,74 !
! 200 !! 0,98 ! 6,00 !
! 500 !! 1,02 ! 5,67 !
! ... !! .... ! .... !
!     !!      !      !
+-----++------+------+
```

Tabelle 9-1b. Strom und Scheinwiderstand als Funktion der Frequenz

f Frequenz
I Eingangsstrom
Z Scheinwiderstand

$\frac{f}{\text{Hz}}$	$\frac{I}{\text{mA}}$	$\frac{Z}{\text{k}\Omega}$
100	0,95	6,74
200	0,98	6,00
500	1,02	5,67
...	....	....

Tabellenkopf

Die waagrechte Trennlinie in dem Beispiel Tabelle 9–1b trennt den Tabellenkopf von den Parameterwerten. Diese Werte sind entstanden nach der Formel Zahlenwert = Größe/Einheit. Da eine Tabelle den Zweck hat, Zahlenwerte nicht nur ablesen, sondern auch vergleichen zu können, müssen sie auf dieselbe physikalische Einheit bezogen sein.

mehrere Größenordnungen

Durchlaufen die Parameterwerte mehrere Größenordnungen, z. B. bei Strömen von 1 µA bis 100 mA, so kann es übersichtlicher sein, zwei getrennte Spalten nebeneinander anzulegen, die nur teilweise belegt sind, statt in einer Spalte für Milliampere bei Mikroampere-Werten an jede Zahl den Faktor $\cdot 10^{-3}$ anzuhängen. Diese Lösung ist ein Kompromiß und widerspricht in gewisser Weise der Forderung nach senkrechter Orientierung (s. vorige Seite). Die Einheit Ampere und Eintragungen „1 µ“ bis „100 m“ in einer Spalte sind unzulässig.

Der Tabellenkopf besteht aus den Spaltenköpfen mit den eingetragenen Größen, die durch ihre Einheiten dividiert werden. Manche Autoren neigen zu einem Verstoß gegen die Regel der spaltenweisen Orientierung dann, wenn sie keinen Platz für lange Wörter in den schmalen Spaltenköpfen vorfinden. Sie schreiben dann in einer Vorspalte lange Zeilenköpfe mit Eintragungen wie „Kollektorstrom $I_C/\mu A$". Wenn man unter der Tabellenüberschrift eine Legende mit der Auflistung aller Einstell- und Meßgrößen anbringt, gibt es für eine unübersichtliche zeilenweise Orientierung keinen Grund mehr.

Spaltenköpfe

Legende

Senkrechte Doppel- oder fettgedruckte Linien machen eine Tabelle übersichtlicher, indem z. B. eingestellte Größen von abhängigen Größen getrennt werden. Mehrere Spaltenköpfe können gruppenweise im Tabellenkopf durch darübergeschriebene Stichwörter über Meßbedingungen oder gemeinsame Konstanten sinnvoll zusammengefaßt werden.

Spaltengruppen

In Vergleichstabellen oder umfangreichen Tabellen kann es nützlich sein, den Tabellenkopf mit einer waagrechten Doppel- oder fettgedruckten Linie abzugrenzen und mehrere Zeilen gruppenweise zusammenzufassen, so daß mit Trennlinien für Spalten und Zeilen Fächer oder Felder entstehen. Ein Beispiel stellt die Tabelle 9–2 vor. Die Inhalte der Felder können auch qualitative Merkmale enthalten, z. B. Farben oder Materialien. Bei Tabellen, deren Inhalt von fremden Autoren stammt, wird die Quelle unmittelbar darunter angegeben.

Zeilengruppen

Quellenangabe bei Tabellen

Aufgeblähte Tabellen sind wie Telefonbücher: keiner liest sie durch. Deshalb sollten Sie nur die Quintessenz im Hauptteil bringen, am besten überhaupt nur als Diagramm dargestellt. Die komplette Tabelle aller Werte steht im Anhang zur Verfügung.

Große Tabellen

Tabelle 9-2. Tierbestände der Bundesrepublik Deutschland in den Jahren 1982/83.

Tierart	Tierbestand /10^6	Zählung
Rinder davon Milchkühe	15,714 5,596	Juni 1983
Schweine davon Zuchtsauen	24,667 2,802	Aug. 1983
Legehennen einschl. Küken u. Junghennen	57,100	Dez. 1982
Masthühner	22,598	Dez. 1982

Quelle: Statistisches Jahrbuch über Ernährung, Landwirtschaft und Forsten der Bundesrepublik Deutschland, Landwirtschaftsverlag Münster-Hiltrup, Ausgabe 1983

Statt „/10^6" könnte im Kopf der mittleren Spalte auch „in Mill." oder „in Mio." stehen.

10 Diagramme

Einordnung

Auch Diagramme sind wie Tabellen **nie** ein Abschnitt für sich. Falls sie das ganze Blatt einnehmen, erscheinen sie immer **nach** demjenigen Blatt des Textes, auf dem sie zum erstenmal erwähnt werden. Für Diagramme im Anhang kann ein Querverweis nützlich sein (vgl. S. 33).

Titel

Diagramme haben eine Bild**unter**schrift (siehe „Bilder") oder ein Schriftfeld mit Nummer, Titel, Datum und Verfasser.

Skalierung

Man kann die Achsen einer Funktionsdarstellung geschickt und ungeschickt skalieren. Die richtige Skalierung für leichte Ablesbarkeit von Zwischenwerten bei linearer Teilung: 1 Einheit (z. B. µV, mV, V) auf 10 oder 25 oder 50 mm. Wird ein Original beim Kopieren im Maßstab 1:1,41 oder 1:2 verkleinert, so ändert sich das natürlich entsprechend. An die Achsen werden nur durch 2, 5 oder 10 ohne Rest teilbare Zahlen („glatte" Zahlen) und nur in gleichen Abständen geschrieben. Lineare Skalen beginnen in der Regel mit der Zahl 0. Das Dezimalkomma wird so gelegt, daß sich Vielfache mit den „Ingenieur"-Potenzen 10^{-6}, 10^{-3}, 10^{3}, 10^{6} usw. ergeben.

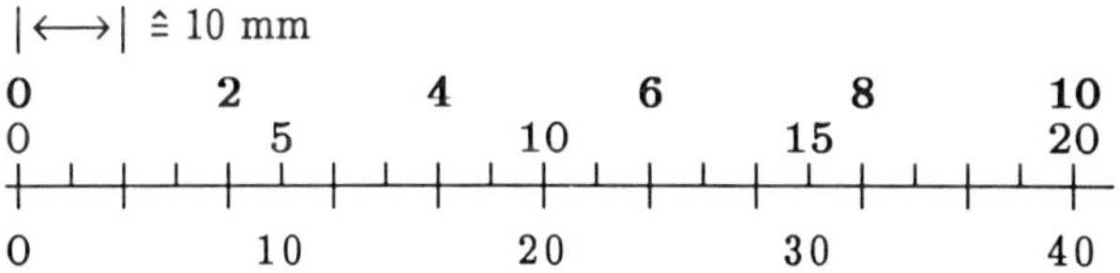

Bild 10-1. Zuordnung von Zahlenwerten zur mm-Teilung

Sonderpapiere

Zur Darstellung nichtlinearer Funktionen auf Sonderpapieren mit logarithmischer bzw. reziproker Skalierung (vgl. Anhang 5) gibt u. a. Hauck *Meßwertanalyse – Rechnerische und graphische Auswertung von Meßdaten* nützliche Hinweise [HAU–90].

Strichart

Denken Sie daran, daß Sie farbige Linien **nicht** verwenden dürfen, da Sie für kopierbare Unterlagen sorgen müssen. Variieren Sie deshalb, wo nötig, die Strichart (durchgezogen ———, gestrichelt - - - - -, strichpunktiert —•—•—•— oder ··–··–··– usw.).

Farbkopien

Sollten Sie mit einem Plotter arbeiten, der das nicht kann, so müssen Sie für die Kopien Ihrer Arbeit entsprechend viele farbige Exemplare anfertigen. Das ist jedoch nicht nur zeitraubend und teuer, sondern auch im Fall nachträglicher Änderungen sehr umständlich.

Tusche

Originaldiagramme sollen mit Tusche ausgezogen sein, nicht mit Bleistift. Vorsicht beim Verwenden von Faserstiften anstelle der Tusche: die Farbe kann sehr durchdringend sein.

Raster

Nicht alle mm- oder log-Papiere sind so kopierbar, daß die Rasterlinien gut herauskommen; probieren Sie das vorher aus. Umgekehrt gibt es auch solche Papiere, deren Rasterlinien nicht mitkopiert werden, wenn sie unerwünscht sind.

Faltung

Falten Sie Diagramme der Formate DIN A3 oder 3xDIN A4 nach DIN-Norm 824 auf DIN A4, sonst liefert Ihnen der Buchbinder nach dem Beschneiden ein Kartenspiel. Dazu falten Sie das Blatt vom **rechten** Rand her – mit der beschrifteten Seite nach unten gedreht – auf die Breite von **DIN A4 minus Heftrand**; danach falten Sie den Rest auf die gesamte Breite von DIN A4.

Leporello

Manchmal ist es von Vorteil, ein Diagramm während des Lesens aus dem Buch herausziehen zu können. Dazu muß der ganz linke, DIN-A4-große Teil leer bleiben.

11 Quellenangaben

Zitiergrund

Bei technisch-wissenschaftlichen Arbeiten spielt das Zitat wörtlicher Textpassagen aus den Werken anderer Autoren keine so große Rolle wie bei Arbeiten in geisteswissenschaftlichen, juristischen oder wirtschaftswissenschaftlichen Wissensgebieten, wo der Autor seine eigene Meinung mit den Auffassungen anderer Autoren zu stützen sucht oder sie ihnen gegenüberstellt. In technisch-wissenschaftlichen Arbeiten geht es nicht um das wortwörtliche Zitat eines anderen Autors, sondern es wird auf dessen mathematische oder experimentelle Arbeitsergebnisse Bezug genommen. Eine Angabe der Quelle wird dann erforderlich, d. h. die genaue Bezeichnung der Fundstelle in Fachzeitschriften oder Büchern.

Angabepflicht

Alle Quellen müssen genannt werden. Sonst könnte der Vorwurf betrügerischen Abschreibens erhoben werden. Das gilt für alle Textstellen, die wörtlich oder dem Sinn nach anderen Veröffentlichungen entnommen worden sind, und für alle übernommenen Bilder (vgl. Eidesstattliche Erklärung). Eine gute Arbeit besteht übrigens auch darin, „das Rad nicht noch einmal zu erfinden“, sondern gute Quellen aufzuspüren.

Quellennummern

Alle Titel des aus der Auflistung der Quellen entstehenden Literaturverzeichnisses werden fortlaufend mit [1], [2], ... durchnumeriert. In Hauptteil und Anhang sind diese Titelnummern in jedem einzelnen Fall dort zu erwähnen, wo auf eine Quelle verwiesen werden muß. Die jeweilige Quellennummer wird an das Ende eines wörtlich oder inhaltlich zitierten Quellentextes vor den Schlußpunkt geschrieben. Wörtlich zitierte Textstellen werden zwischen Anführungszeichen gesetzt. Eine Quellennummer kann auch als hochgestellte Zahl mit Klammer[1)] oder ohne[1] eine solche angegeben werden.

Nummern-schreibweise

Anstelle eckiger Klammern stehen Schrägstriche /1/, /2/, ..., falls die Schreibmaschine Klammern nicht drucken kann oder der Drucker im abgewandelten ASCII-Alphabet an der Stelle der Zeichen [\ ] die Umlaute *ä ö ü* hat. Wenn Ihr Textverarbeitungsprogramm für die eckigen Klammern keine Tasten vorsieht, können Sie versuchen, ob es mit der Tastenkombination aus ALT–Taste und den Nummern 91 bzw. 93 geht, die über den Ziffernblock der Tastatur eingegeben werden müssen.

Harvard-Numerierung

Eine andere Möglichkeit für die Titelnummern, die sogenannte Harvard-Numerierung, besteht aus den ersten drei Buchstaben des Verfassernamens und den letzten beiden Ziffern des Erscheinungsjahres, z.B. [TIE-86] für ein Buch des Verfassers Tietze usw. des Erscheinungsjahres 1986. Der Leser kann sich bei dieser Schreibweise einer Titelnummer schon nach dem ersten Nachschlagen viel schneller orientieren. Wegen dieses Vorteils ist die Harvard-Numerierung auch für dieses Buch gewählt worden.

Schema für Vollständigkeit

Auch wenn Sie bei verschiedenen Verlagen nicht ganz einheitliche Regeln für Zitate vorfinden, ist es wichtig, bereits beim Auffinden von zitierwürdigen Textstellen, Bildern oder Tabellen alle notwendigen Angaben für das Zitat auf dem handschriftlichen Textauszug, einer Karteikarte oder einer Fotokopie nach einem einheitlichen Schema genau festzuhalten. Sie könnten sonst später gezwungen sein, unnötig Zeit mit wiederholtem Nachschlagen oder mit einer zweiten Ausleihe in der Bibliothek zu verschwenden.

Literatur-Kartei

Nehmen Sie beim Gang in die Bibliothek ein Muster für die Quellenangabe mit. Wenn Sie bei Ihrer Arbeit viel mit Literatur zu tun haben, lohnt es sich, vorgedruckte Karteikarten im Postkartenformat DIN A6 anzufertigen, indem Sie ein Muster (4 Stück auf einmal) auf Karton DIN A4 mit einem Papiergewicht von 120 g/m^2 bis 180 g/m^2 an einer normalen Kopiermaschine vervielfältigen und mit der Schlagschere zurechtschneiden.

▼ Literaturkarteikarten angefertigt. Datum: ____________ ZIELMARKE 11–1

Form der Quellenangabe

Die Schrifttumsangaben haben immer die gleiche Reihenfolge, wobei die Quellennummer (z. B. [1] oder [TIE-86]) links herausgerückt wird und die hier in spitzen Klammern angegebenen Satzzeichen verwendet werden. Nur bei der Nennung des Autors wird der Familienname dem Vornamen vorangestellt.

Näheres siehe DIN 1505. Die Schrifttumsverzeichnisse der Bücher aus namhaften wissenschaftlichen Verlagen sind nach diesen Regeln aufgestellt. Beispiele finden Sie dort jeweils im Anhang sowohl für zitierte Bücher, als auch für Zeitschriftenartikel.

– Bei Büchern:
  - Verfasser-Familienname, -Vorname (**keine** Titel): <Doppelpunkt>
  - *Sachtitel.* <Punkt>
  - evtl. Band-Nummer und Schriftenreihe mit Vor- und Familiennamen des Herausgebers (Hrsg.). <Punkt>
  - Auflagen-Nummer (z.B. „4. Aufl.“)
  - Erscheinungsort: <Doppelpunkt>
  - Verlag
  - Erscheinungsjahr. <Punkt>
  - Seitennummern, falls erforderlich. <Punkt>

– Bei Zeitschriften:
  - Verfasser-Familienname, -Vorname (**keine** Titel): <Doppelpunkt>
  - *Sachtitel.* <Punkt>
  - „In:“
  - Zeitschriftentitel
  - Jahrgang-Nr. (Jahr) <in runden Klammern>
  - „H.“ Heft-Nummer, <Komma>
  - Seitennummern. <Punkt>

noch:
Form der
Quellenangabe

– Bei Sammelwerken und Kongreßprotokollen (Proceedings):

- Verfasser-Familienname, -Vorname (**keine** Titel): <Doppelpunkt>
- *Sachtitel.* <Punkt>
- „In:“
- Titel des Sammelwerks, <Komma>
- evtl. Band-Nummer oder Heft-Nummer, <Komma>
- evtl. Auflagen-Nummer, <Komma>
- Herausgeber (Hrsg.) Vorname Familienname. <Punkt>
- Erscheinungsort: <Doppelpunkt>
- Verlag oder Kongreßveranstalter
- Erscheinungsjahr. <Punkt>
- Seitennummern, falls erforderlich. <Punkt>

– Bei Dissertationen:

- Verfasser-Familienname, -Vorname (**keine** Titel): <Doppelpunkt>
- *Sachtitel.* <Punkt>
- Abkürzung „Diss.“
- Hochschule und Promotionsort
- Promotionsjahr. <Punkt>
- evtl. Name und Band-Nr. einer Veröffentlichungsreihe
- Seitennummern, falls erforderlich. <Punkt>

Anonyme
Verfasser

Ist der Name des Verfassers in der benutzten Quelle, z. B. einem Zeitschriftenartikel, nicht angegeben, so steht anstelle des Namens vor dem Sachtitel die Abkürzung „o. V.“ für „ohne Verfasserangabe“. Gibt es mehrere solcher Quellen, so gilt die alphabetische Reihenfolge nach dem Anfangsbuchstaben des Sachtitels. Firmenschriften ohne besondere Angabe eines Verfassers werden auf die gleiche Weise eingeordnet.

Bei mehreren Verfassern sind die Namen durch Schrägstriche voneinander getrennt (vgl. im Anhang das Beispiel [RÜC–89]), oder es wird – bei mehr als drei Autoren – nur der erstgenannte Name mit dem Zusatz „u. a." oder „et al." (und andere – *et alii*) angegeben. Derselbe Zusatz kann nach dem ersten von mehreren angegebenen Erscheinungsorten stehen.

Mehrere Verfasser oder Orte

Wenn Sie mit Ihrem Drucker oder Ihrer Schreibmaschine den Sachtitel nicht kursiv hervorheben können, drucken Sie ihn (halb-)fett oder unterstrichen.

Hervorhebung des Titels

Sind mehrere Seiten gemeint, z. B. Seite 8 bis Seite 12, so werden 3 Punkte dazwischengesetzt, z. B. „S. 8...12". Die Schreibweise „S. 8-12" ist nicht eindeutig. Vor allem in angelsächsischen Veröffentlichungen kann eine solche Angabe die zwölfte Seite im Kapitel 8 bezeichnen.

Seitenangabe

Übrigens werden immer deutsche Abkürzungen für die Verständigung über Band-Nummer, Heft-Nummer und Seiten-Nummern benutzt, z. B. „Bd. 2" und „H. 33, S. 8...12", d. h. nicht etwa „vol. 2" bzw. „no. 33, p. 8...12" bei einer englischsprachigen Quelle.

Verständigungssprache

Eine eigene Vorlesungsmitschrift wird so zitiert (Beispiel):

[LED-86] Ledies, Eberhard: *Konstruktionselemente I.*
FH Gießen-Friedberg, WS 1986/87,
Vorlesungsmitschrift des Verfassers

Nicht-veröffentlichte Quellen

Sie sollten solche Zitate allerdings nur dann verwenden, wenn in der genannten Vorlesung neue Sachverhalte zur Sprache kamen, die sonst nirgends veröffentlicht wurden. In ähnlicher Weise können persönliche Mitteilungen hilfreicher Personen zitiert werden.

Sprache ist eine Waffe.
Haltet sie scharf. Wer schludert,
sei verlacht für und für.

Kurt Tucholsky

12 Sünden wider den guten Schreibstil

Der interessanteste Inhalt kommt nicht richtig zur Geltung, wenn die Beschreibung schlecht abgefaßt ist. Wuchernde sprachliche Disteln unter dem gepflegten Pflanzenwuchs der deutschen Fachsprache sind Papierwörter wie *mittels,* unnötige Anglizismen wie *keyboard,* falsch verwendete Fachwörter, Dialekt-Wendungen und unzulässige Abkürzungen.

Passivsätze

Frischen Wind bekommen Sie in Ihren Text, wenn Sie ihn auf unnötige Passivsätze hin durchkämmen. Beim Konzeptschreiben läßt man sich nämlich gern zu Passivformen hinreißen. Aktivsätze wirken aber viel lebendiger. Teile der Schaltung oder der Maschine treten sozusagen nicht als gebeutelte Masse, sondern eher kreativ in Erscheinung.

Papierwörter

Meiden Sie Papierwörter, mit denen sich angeblich Fachleute ausdrücken – *mittels,* geräte*seitig,* leistungs*mäßig* – das brauchen Sie nicht nachzuahmen.

„ung"–Wörter

Genauso schlimm sind Entlehnungen aus dem Amtsdeutsch mit seinem Hang zu überflüssiger Substantivierung. Wenn Sie einen strohtrockenen Text abliefern wollen, so machen Sie möglichst viele „wird"-Sätze mit vielen „ung"- Wörtern. Beispiel:

Zur Messung der Spannung wird an dieser von der ADU-Schaltung die Wandlung durchgeführt.

Auf gut deutsch:

Der ADU setzt die Spannung in einen binären Wert um.

Wenn in Ihrem Text etwas „erfolgt“, „geschieht“ oder „durchgeführt wird“ – am Ende gar „geeignete Maßnahmen“, so vermitteln Sie dem Leser den Eindruck, daß Sie sich um einen präzisen Ausdruck herumdrücken und eine klare Aussage scheuen. – Was man „besitzt“, kann man wie Eigentum verkaufen. Deshalb besitzt eine Maschine ihre Eigenschaften nicht, sondern hat sie einfach.

Amtsdeutsch

Lassen Sie sich nicht zu gängigen Anglizismen verführen und sagen Sie nicht statt Zähler *Counter* und statt gepuffert *gebuffered*. Daten werden nicht *abgelatcht* („abgelätscht“), sondern zwischengespeichert. Man beachte übrigens die Variationsmöglichkeiten bei den Endungen des Perfektpartizips. Bleiben Sie auf dem Boden! – Viele deutsche Fachausdrücke sind in DIN-Normen und NTG/ITG-Empfehlungen definiert, wobei das englische Wort gleicher Bedeutung mit angegeben ist.

Anglizismen

Irrtümer müssen entstehen, wenn jemand das englische *probe* (dt. Tastkopf, z. B. am Oszilloskop) aus Unfähigkeit beim Übersetzen im Deutschen als *Probe* (engl. sample) wiedergibt. Englisch *to control* bedeutet steuern oder regeln und nicht etwa kontrollieren (engl. to check); englisch *dual input* heißt deutsch Doppeleingang.

Falsche Übersetzung

Es zeugt nicht von höherer Bildung, möglichst viele Fremdwörter zu gebrauchen, sondern bringt den Autor im Gegenteil in den Verdacht, ihm seien die deutschen Fachausdrücke nicht geläufig.

Fremdwörter

Eine andere „engleutsche“ Unsitte ist es, von einem *8 bit 1 Chip Mikroprozessor* zu schreiben, wenn ein 8-bit/1-Chip-Mikroprozessor oder besser ein 8-bit-Mikroprozessor auf 1 Chip gemeint ist. Auch bei *3 aus 8 Decodern* muß man zweimal hinschauen, wenn es sich eigentlich um einen einzelnen 3-aus-8-Decoder handeln soll. Ein *+ 5 V Pegel* wird klar als +5-V-Pegel oder besser als der Pegel + 5 V vorgestellt.

Gehacktes

Ohne Bindestrich

Im Deutschen werden zusammengesetzte Substantive mit Bindestrichen verbunden oder in einem Wort zusammengeschrieben, auch wenn sie Zahlen enthalten. Ausnahmen bilden lediglich Eigennamen von Firmen, z. B. *Deutsche Medizintechnik Aktiengesellschaft.* Der *Personal Computer* als Fremdwort aus dem Englischen bleibt als Ausnahme ohne Bindestrich, weil er als persönlicher Computer eben keiner fürs Personal ist.

Verstellung

Besonders kurios klingt ein *5620-Filter,* das nicht etwa diese besondere Zahl herausfiltert, sondern als Filter 5620 seine Benennung dem Leser sofort zu erkennen gäbe.

Falsche Ausdrücke

Die Fachsprache verfeinert sich im Lauf der Zeit und verlangt eine präzise Ausdrucksweise. Zu Potentiometern sagen nur Unterhaltungselektroniker „Regler“. Da nichts damit geregelt, aber viel damit eingestellt wird, sind die Bezeichnungen Steller (vor allem bei Bedienelementen) oder Stellwiderstand richtig. Benutzen Sie treffende Ausdrücke! – Eine „Genauigkeit von 2 %“ muß logischerweise beim Leser den Eindruck hinterlassen, das Gerät sei zu 98 % ungenau(?!). Gemeint ist aber, daß dieses Gerät mit Fehlergrenzen von ± 2 % „bis auf ± 2 % genau“ anzeigt. – „Oberwellen“, falls es solche überhaupt gibt, breiten sich vielleicht in der Ionosphäre aus; ein Frequenzgemisch enthält auf jeden Fall lediglich Oberschwingungen. – Wer noch von den „Phasen R, S und T“ spricht, hat die Entwicklung der letzten Jahre verschlafen; die Bezeichnung lautet „Leiter L1, L2 und L3“. – Eine „Induktivität“ ist kein Gegenstand aus dem Elektronik-Shop, sondern die Eigenschaft einer Spule oder Drosselspule. Apropos Drossel: sie zählt allein zu den Singvögeln.

Falsche Einheiten

Schreiben Sie nicht wie in einem Kaufhauskatalog, daß ein Gehäuse die Abmessungen 300x160x110 mm habe, auch nicht 300 x 160 x 110 mm³, sondern korrekt 300 mm · 160 mm · 110 mm. Ein Frequenzbereich geht z. B. nicht von DC bis 100 MHz, sondern von 0 Hz bis 100 MHz. Die digitalen Einheiten lauten richtig bit und Byte, nicht Bit und byte. Die Einheit bit/s ist dem Bd vorzuziehen [VDE–86].

Artikel

Die deutsche Sprache gibt durch den bestimmten Artikel manchen Fachausdrücken einen besonderen Sinn. *Das* Teil oder *das* Modul (Mehrzahl: die Module) sind Bau- oder Schaltungseinheiten bei einem modularen Aufbau. *Der* Teil ist ein Stück aus einem Ganzen, *der* Modul (Mehrzahl: die Moduln) ist eine physikalisch-technische Größe, z. B. der Elastizitätsmodul. *Der* Filter hält den Kaffeesatz aus dem Sud zurück; *das* Filter bestimmt die Breite eines Frequenzbandes. *Die* Type ist nichts anderes als eine Druckletter oder ein auffälliger Mensch; allein *der* Typ (engl. type) bezeichnet ein Muster oder die besondere Ausführung eines Gegenstandes.

Falscher Dativ

Wenn Sie nach dem Dialekt einen falschen Dativ schreiben, z. B. *„... wird der Frequenzgang vom Kassettenlaufwerk aufgenommen“*, statt *„... wird der Frequenzgang des Kassettenlaufwerks aufgenommen“*, so bedeutet das gerade das Gegenteil dessen, was Sie sagen wollen.

Falscher Genetiv

Im Deutschen heißt es richtig *„in Abhängigkeit* ***von*** *der Frequenz“* und nicht *„in Abhängigkeit der Frequenz“*.

Eigene Person

Selbstdarstellung: ein „ich“, in einem Geschäftsbrief oder in einem Tagungsreferat wie in einem privaten Brief durchaus üblich, darf nicht durch den Text geistern (aber „der Verfasser“). Das sehen jedoch nicht alle technisch-wissenschaftlichen Autoren so streng.

Abkürzungen

Wollen Sie vermeiden, daß der Leser mit Interesse Ihren Text liest, dann gibt es ein todsicheres Mittel: Abkürzungen. Außer Abkürzungen des Typs „usw.“ und „z. B.“ ist so ziemlich alles noch: Abkürzungen

unzulässig. Formel- und Einheitenzeichen sind in diesem Sinn keine Abkürzungen. Kommen Sie um Abkürzungen nicht herum, z. B. weil ständig von einem oder mehreren ADU die Rede ist, so wird beim ersten Erwähnen „Analog-Digital-Umsetzer (ADU)“ im Klartext ausgeschrieben, anschließend die Abkürzung in Klammern. Alle diese Abkürzungen sind auf der ersten Seite des Anhangs, der Abkürzungsliste, in alphabetischer Reihenfolge aufgeführt.

Allgemeine Abkürzungen

Abkürzungen aus der Umgangssprache werden nicht ausgeschrieben, außer am Satzanfang. Diese sind [VDE–86]:

bzw.	beziehungsweise
ca.	circa (alternativ zu rd.)
d. h.	das heißt (immer mit Leeranschlag vor dem h)
evtl.	eventuell
rd.	rund
u. a.	unter anderem; und andere
usw.	und so weiter (nicht: etc. oder &c.)
v. H.	vom Hundert
vgl.	vergleiche (bei einem Querverweis)
z. B.	zum Beispiel
z. T.	zum Teil
z. Z.	zur Zeit (nicht: z. Zt.)

Auf jeden Punkt zu einer Abkürzung folgt immer ein Leeranschlag.

Abkürzungen bei Quellenangaben

Besondere Abkürzungen, wie sie bei der Angabe von Schrifttum üblich sind, findet man im Anhang 15 sowie u. a. bei Poenicke/Wodtke-Repplinger [POE–77] und Standop [STA–88].

Fachliche Abkürzungen

Abkürzungen bis zu drei Buchstaben werden in Versalien geschrieben (z. B. EVU, FET, IC, PTT, RAM, VDE). Solche aus vier und mehr Buchstaben ergeben oft ein Kunstwort und haben dann nur noch einen großen Anfangsbuchstaben, z. B. Fortran,

Intelsat, Modem, Laser, Radar, mit Ausnahmen wie CCITT, EPROM, MOS-FET. Mehrzahlbildungen von Abkürzungen wie „die ICs" klingen nach Laborslang und lauten besser „die IC-Bausteine".

▾ Liste gängiger Abkürzungen des Fachgebiets besorgt. ZIELMARKE 12–1
Datum: ____________

Fußnoten

Verweise auf Vergleichsliteratur als Fußnoten und Anmerkungen spielen in technisch-wissenschaftlichen Veröffentlichungen eine unbedeutende Rolle. Arbeiten Sie den Inhalt eines solchen Hinweises in den Text ein oder verzichten Sie auf ihn. Ausnahmen sollten ganz selten sein. Ein Fußnotenstrich trennt den Fußnotenblock vom Haupttext; machen Sie ihn etwa ein Drittel so lang wie eine ganze Zeile, falls seine Länge nicht schon automatisch durch das Textverarbeitungsprogramm vorgegeben ist. Fußnotennummern stehen im Haupttext hochgestellt ohne Zwischenraum zum zugehörigen Stichwort[1] bzw. nach dem Schlußpunkt des Satzes, auf den sie sich beziehen.[1] Die Fußnoten werden im ganzen Text fortlaufend durchnumeriert. Der Fußnotentext beginnt mit jeweiligen Fußnotennummer und wird 1zeilig geschrieben mit 1½zeiligem Abstand zwischen den einzelnen Fußnoten. Wenn Fußnoten in einem Text vorkommen, ist die Quellennummernschreibweise mit hochgestellten Zahlen nicht zulässig; die Nummern wären sonst zweideutig.

Bildhinweis

Auf Bilder, Tabellen und Diagramme soll der laufende Text hinweisen, z. B. „Bild 1 stellt die einzelnen Funktionsgruppen dar". Hinweise in Klammern sollten Sie nach Möglichkeit vermeiden. – Eine modische Floskel wendet das Verb *ersehen* völlig falsch an: „wie aus Bild 1 zu ersehen ist ...". Ersehen hat aber den Sinn von auswählen, küren. Auch könnte jemand seinen Vorteil ersehen, dieses Wort bei der Bildbeschreibung nicht anzuwenden.

Recht-schreibung

Achten Sie als Fachmann darauf, daß Sie Firmennamen und Warenzeichen absolut richtig angeben. (Beispiele: Rohde & Schwarz nicht mit *Rho,* Philips mit nur einem *l*).

das und daß

Noch ein Wort zur Rechtschreibung: Das Nach-Komma-Wort „das" (Relativpronomen) läßt sich dem Sinn nach durch „welches" oder „dieses" ersetzen, auch wenn das nicht so gut klingt. Das Nach-Komma-Wort „daß" (Konjunktion) ist unersetzbar. – Messung schreibt man nicht *Meßung,* Meßtabelle nicht als *Messtabelle*, es sei denn, der Autor wäre Schweizer.

Gedankengänge

Man kann sicher nicht behaupten, daß ein Ingenieur mit guten Deutschkenntnissen auch ein guter Ingenieur sein müsse, und bei Naturwissenschaftlern ist es nicht anders. Aber einer, der sich nicht deutlich ausdrücken kann, muß um seine Anerkennung bangen. Ein Ingenieur oder Naturwissenschaftler sollte sich also tunlichst eine sichere Rechtschreibung und einen gewandten Satzbau aneignen. Hinter unklarem Ausdruck vermutet der Leser unausgegorene Gedankengänge des Autors.

13 Inhalt des Textteils Inhaltsverzeichnis

Umfang und Form

Das Inhaltsverzeichnis ist am übersichtlichsten, wenn es auf 1 Seite geht; es sollte aber auch nicht mit Gewalt zusammengequetscht werden. Aufgezählt werden in einer Liste die Haupt- und wichtige Unterabschnitte mit ihren Abschnittnummern, Überschriften in genau gleichem Wortlaut und mit Seitennummern. Man kann die Seitennummern je nach Geschmack entweder unmittelbar hinter den Text oder – evtl. nach einer Reihe von Pünktchen – in einer besonderen Spalte am rechten Rand untereinander schreiben. Durch unterschiedliche Zeilenabstände zwischen den Haupt- und Unterabschnitt-Zeilen läßt sich die Übersichtlichkeit erheblich verbessern (vgl. das Muster im Anhang).

Anhangs-verzeichnis

Der Anhang hat sein eigenes Inhaltsverzeichnis; er wird ohne Abschnittnummer auf der untersten Zeile erwähnt.

Bilderliste

Tabellen-verzeichnis

Bei sehr vielen Bildern oder Diagrammen kann eine besondere Liste mit Nummern, Titeln mit genauem Wortlaut und Seitennummern angebracht sein. Diese Liste enthält keine Teile des Anhangs, da diese im Inhaltsverzeichnis des Anhangs aufgelistet sind. Entsprechendes gilt für ein eventuell notwendiges Tabellenverzeichnis.

Form der Überschriften

Überschriften bestehen aus wenigen Stichworten, nicht aus Sätzen oder Formelzeichen. Sie beziehen sich auf den sachlichen Inhalt und verdeutlichen den logischen Zusammenhang der Teile der Arbeit. Deshalb taugt „Allgemeines“ nicht als Überschrift; es ließe eine gewisse geistige Trägheit des Verfassers oder einen Hang zur Unschärfe erkennen.

Gliederungs-Vorgaben

Der Verfasser einer technisch-naturwissenschaftlichen Dokumentation muß oft seine Gedanken in eine ihm nicht immer ganz passende, von einer Firma (Kunde) oder für ein bestimmtes Projekt vorgegebene Gliederung einordnen. Es stellt sich dann die Frage, welche Gründe dazu berechtigen, um von dieser Vorschrift abzuweichen.

Prinzipielle Gliederung

Im Inhaltsverzeichnis muß mit Sicherheit dem Sinn nach enthalten sein:

- Einleitung
- Grundsätzliche Überlegungen:
  Vorgaben, Varianten der Lösung
- Ausführung der praktischen Arbeit:
  gewählte Lösung
- Meßergebnisse und ihre Auswertung,
  Abweichungsbetrachtung (falls zutreffend)
- Zusammenfassung

14 Inhalt des Textteils Einleitung

Die Einleitung soll auf den Hauptteil und den Anhang hinführen. Sie soll einem Leser, der allein durch den Titel auf die Diplom- bzw. Doktorarbeit aufmerksam wurde, mitteilen, ob sich für ihn die nähere Beschäftigung mit dem Werk voraussichtlich lohnen wird. Da Sie über den endgültigen Inhalt des Textes dann am meisten wissen, wenn Sie das Manuskript fertig haben, sollten Sie die Einleitung auch erst zum Schluß abfassen. Ziel

Bei der Einleitung hat sich die folgende Unterteilung bewährt. Der Text ist äußerst knapp gefaßt und erstreckt sich über nicht mehr als eine Seite. Unterteilung

- Erster Absatz:
  Woher stammt das Thema?
  Wie kam es zu der Aufgabe?
  Welches Ziel wird angestrebt?

Wenn die Arbeit in einer Firma durchgeführt wurde, wird diese hier erwähnt.

- Zweiter Absatz:
  Was erwartet den Leser im folgenden Text?
  Wie ist die Beschreibung aufgebaut?

Eventuelle Besonderheiten in der Gliederung können hier angekündigt werden. Haben Sie Pläne geflickt oder nachgeschoben („Seite 99a") oder den Text aus Zeitnot nach Änderungen nur teilweise aktualisiert, so müßte das hier erwähnt werden. Hinweis zur Gliederung

Die Einleitung ist keine Wiederholung der Aufgabe zur Diplomarbeit oder Dissertation, wie ja überhaupt im ganzen Text der schriftlichen Ausarbeitung **nie** beschrieben wird, was sein **sollte**, Keine Aufgabenbeschreibung sondern immer nur, was erreicht worden **ist**. Die Aufgabenbeschreibung stammt nicht vom Diplomanden oder Doktoranden, sondern von seinem Auftraggeber; deshalb steht sie allenfalls als Anlage im Anhang.

Dankesworte

Worte des Dankes an Firmenmitarbeiter in der Art, wie Buchautoren sich im Vorwort beim Verlag und bei ihren Mitarbeitern bedanken, sind in der schriftlichen Ausarbeitung einer Diplomarbeit nicht in allen Fachbereichen üblich. Eine solche Arbeit ist ein Prüfungsdokument und soll sich deshalb auf das rein Sachliche beschränken. Vorworte sind bei Diplomarbeiten ebenfalls nicht üblich. Klären Sie diese Frage am besten mit Ihrem Betreuer.

15 Zum Textteil Hauptteil

Lesen Sie vor dem Abfassen des Hauptteils am besten die Abschnitte 6 bis 12 durch. – Bringen Sie nur soviel an theoretischen Grundlagen zum Untermauern der praktischen Arbeit, z. B. einer Schaltungsauslegung, und zur Auswertung der Meßdaten, wie sie für einen Fachmann unbedingt zum Verständnis notwendig sind. Aber es soll auch keine kommentarlose Formelsammlung mit Zahlenreihen ohne Erklärung daraus werden. Grundlagen

Dem Leser wird der Zugang zu einer Dokumentation sehr erleichtert, wenn ihm deren Aufbau und Gestaltung von anderen Dokumentationen her schon vertraut ist [HOF–90]. Dann kann das Formale in den Hintergrund treten, und die Konzentration richtet sich auf den Inhalt. So wie der Leser über den äußeren Aufbau der schriftlichen Arbeit in Gestalt von Inhaltsverzeichnis, Einleitung, Hauptteil, Zusammenfassung und Anhang schnell eine Übersicht gewinnen will, erwartet er auch im Hauptteil eine gewisse Folge von Abschnitten mit entsprechendem Inhalt, z. B. solche über die aus der Literatur bereits bekannten Tatsachen und bisherige Lösungen, dann über die neue Lösung und ihre Begründung, und schließlich über erste Erfahrungen in der Anwendung der gefundenen Lösung. Der Leser soll die übliche Terminologie, die genormten Symbole und die allgemeingültigen Abkürzungen in Text und Bild wiederfinden und sich nicht an unnötigen Abweichungen vom Üblichen stören. Form und Inhalt

Es ist wichtig, daß der Schreiber einer Arbeit den Leser als den Anwender des Textes im Auge behält. Er sollte nicht nur für den Professor schreiben, der sich in der Materie vielleicht besonders gut auskennt, sondern für einen Kommilitonen, der sich in Einzelheiten erst einarbeiten muß. Besonders gravierend wirken sich schlecht beschriebene Versuchsanordnungen dann aus, wenn der Autor nach dem Abschluß der Arbeit nicht mehr greifbar ist, Adressat

Anwender-Perspektive

Spezialwissen mühsam wiedererworben und Versuche wiederholt werden müssen. Jeder kennt von schlechten Bedienungsanleitungen die Gefahr der Fehlbedienung eines Geräts. Der Grund liegt im Gegensatz von Entwickler- und Anwender-Perspektive. Der Entwickler setzt die Schwerpunkte so, wie sie sich aus der Innenansicht des Produktes ergeben. Beschrieben sind diese Schwerpunkte dann oft in einer Sprache, mit der der Anwender nur wenig anfangen kann [HOF–90].

Größen-definition

Alle Formelzeichen müssen im Text erklärt werden. Sämtliche Größen sind zu benennen; beispielsweise sind sie in der Elektrotechnik möglichst in einem Blockschaltbild oder einem Prinzipschaltbild für eine Schaltungseinzelheit anzugeben, z.B. Spannung U an der Spule. Ein solches Schaltbild enthält nur Grundsätzliches und darf nicht mit einem Stromlaufplan verwechselt werden.

Umfang

Über den Umfang und die grundsätzliche Gliederung des Hauptteils gibt es unterschiedliche Ansichten. Der betreuende Hochschullehrer hat hier das Sagen. Zum Beispiel können für eine Diplomarbeit maximal 30 Seiten Text im Hauptteil vorgeschrieben sein. Eine Überschreitung dieser Vorgabe muß dann einen besonderen Grund haben. Allgemein gilt: alles, was den Lesefluß stört, gehört in den Anhang. Zur Auswertung der Meßdaten für den Hauptteil ist es beispielsweise sinnlos, den Leser mit einem Wust von Tabellenmaterial und überladenen Diagrammen zu verwirren. Meisterlich ist dagegen die Auswahl derjenigen Zahlenwerte und Diagrammteile, die das typische Verhalten des Untersuchungsobjekts aufzeigen. Abgesehen davon muß man, wo Meßdaten genannt werden, auch ihre Zuverlässigkeit, ausgedrückt in den Fehlergrenzen, als Leser in Erfahrung bringen können. Ohne diese Angaben sind Meßdaten nichts wert.

Umfang einer Dissertation

Bei Dissertationen gibt es keine Vorschriften über den Umfang. Zur Trennung von Wesentlichem und Begleitmaterial gelten die Hinweise im vorigen Absatz entsprechend.

Einführende Worte am Anfang machen ein Kapitel für den Leser von vornherein übersichtlicher. Kapitelübersicht

Stellen Sie bei Auswahlmöglichkeiten die Varianten mit ihren jeweiligen Vor- und Nachteilen kurz vor, und begründen Sie dann Ihre Entscheidung. Das gilt für Materialien genauso wie für Schaltungen oder Konstruktionen. Lösungsvarianten

Nur die gewählte Lösung wird in Einzelheiten mit Text und Skizzen beschrieben. Dabei muß der Leser erkennen können, ob Ihre Schlußfolgerungen auf eigenen Versuchsergebnissen und Erfahrungen, auf freier Wahl nach Gutdünken oder auf der Meinung, dem Vorschlag oder den Forschungen fremder Personen beruhen. Im letztgenannten Fall muß die Quelle angegeben werden, z. B. so: *„nach P. Vaske [VAS-82, S. 162] ist die Gleichtaktunterdrückung am Verstärker ...“*. Favorisierte Lösung

Wenn Sie Werte für einzelne Parameter einfach annehmen, weil Sie in Zeitnot sind, müssen Sie dafür eine plausible Erklärung angeben. Annahmen

Es kommt nicht selten vor, daß ein Lösungsversuch für einen Teil der Aufgabe in einer Sackgasse endet. Auch wenn Sie das Berechnen und Entwerfen eines später so nicht angewendeten Geräteteils viel Zeit gekostet haben sollte, schlägt sich das negative Ergebnis nur in einer kurzen Bemerkung in der schriftlichen Ausarbeitung nieder, deren Umfang keineswegs dem zeitlichen Aufwand für die Entwicklung entspricht. Das Interesse des Lesers richtet sich ja nicht auf Fehlschläge, sondern auf Lösungen. Die Beschreibung des Weges in die Sackgasse wäre für den Leser so spannend wie eine Krankengeschichte für einen kerngesunden Menschen. – Etwas anderes ist es, wenn die ganze Arbeit auf dem Holzweg endete, weil die Zeit für eine Lösung aus bestimmten Gründen nachweislich noch nicht reif war, oder weil eine Lösung nicht in Frage kommt. Auch wenn die Arbeit dann in der Sache Fehlschläge zu keinem befriedigenden Ergebnis führte, kann das Thema vom Bearbeiter trotzdem meisterhaft abgehandelt worden sein. Man denke etwa an die Generationen von Mathematikern auf der Suche nach der – offensichtlich nicht vorhandenen – Periodizität der Nachkommastellen der Kreiszahl π.

Rechen- beispiele

Rechenbeispiele sollen zuerst die Formel enthalten – zuvor wurden alle enthaltenen Variablen und Konstanten im Text erklärt –, dann die eingesetzten Werte und schließlich das Rechenergebnis.

Programme

Die Kunst, Programme zu schreiben, hat eine noch junge Tradition, und ebenso verhält es sich mit der Kunst, sie zu beschreiben. Es genügt keinesfalls, dem Leser ein paar Nassi-Shneiderman-Diagramme vors Gesicht zu klatschen und sich so billig aus der Affäre ziehen zu wollen. Vielmehr müssen Sie versuchen, Ihre Programme (Software) dem Leser durch eine treffende Beschreibung der Abläufe genauso zugänglich zu machen, wie Sie das bei einem Gerät (Hardware) tun würden. Diese Ausführungen erläutern Sinn und Zweck der wesentlichen Programmteile, der wichtigen Unterprogramme und besonderer Algorithmen. Hierarchische Strukturen können mit Prozedurbäumen (vgl. Anhang 13) erläutert werden. Struktogramme nach DIN 66 261 (vgl. auch Anhang 14 und [FRI–89, S. 4–18]) oder Programmablaufpläne nach DIN 66 001 sind geeignete Hilfsmittel zur bildlichen Darstellung. Hinweise auf die Einbindung von Unterprogrammen aus fremden Quellen sind unerläßlich. In der Beschreibung erscheinen die Überschriften der Programmteile mit genau demselben Wortlaut wie im Programmausdruck.

16 Inhalt des Textteils Zusammenfassung

Einordnung

Die Zusammenfassung ist bei Diplomarbeiten ein Abschnitt, der unmittelbar auf den Hauptteil folgt und die nächste Abschnitt-Nummer trägt. – Dagegen ist bei Dissertationen die Zusammenfassung (engl. Summary) ein kurzer Text ohne Abschnitt-Nummer, der je nach den örtlichen Regeln entweder vorn unmittelbar vor der Einleitung oder hinten unmittelbar vor dem Lebenslauf eingeordnet wird.

Zweck

Bei Diplomarbeiten steht hier eine kritische Zustandsbeschreibung für den Zeitpunkt des Abschlusses der Arbeit im Vergleich zum Zustand zu Beginn. Das heißt nicht, daß Sie sich im Fall des Mißerfolgs selber mit Dreck bewerfen sollen, oder umgekehrt, daß Sie sich einen Lorbeerkranz für Ihren Erfolg gleich selber aufsetzen können.

Inhalt

In der Zusammenfassung sollen vielmehr die wesentlichen Fähigkeiten des Produktes (Gerät oder Programm usw.) bei einer Diplomarbeit bzw. die Forschungsergebnisse bei einer Dissertation auf einer halben bis höchstens ein paar Seiten knapp dargestellt werden. Die Beurteilung der Arbeit müssen Sie dem Betreuer überlassen.

Verbesserungsvorschläge

Was aber auf jeden Fall im Text der Zusammenfassung bei einer Diplomarbeit erscheinen muß, sind Verbesserungsvorschläge in die eine oder andere Richtung. Es gibt ja sicher nichts, was man nicht verbessern könnte, wenn man mehr Zeit und Geld dazu hätte. Auch das soll in nur wenigen Sätzen ausgedrückt werden, nicht in einem neuen Band von Jules Verne.

17 Voraus–Korrektur

Wenn Sie den Manuskripttext abgeschlossen haben, sollten Sie ihn unter zwei Gesichtspunkten überprüfen, nämlich auf guten Schreibstil und auf Vollständigkeit hin (vgl. Abschnitte 12 und 21).

ZIELMARKE 17–1 ▼ Den Manuskripttext auf guten Schreibstil hin durchgesehen. Datum:

____

ZIELMARKE 17–2 ▼ Den Manuskripttext auf Vollständigkeit hin durchgesehen. Datum:

____

18 Gliederung und Inhalt des Textteils Anhang

18.0 Vorbemerkungen zum Textteil Anhang

Dieser Unterabschnitt trägt die Nummer „.0“ um anzudeuten, daß sein einleitender Inhalt auf einer anderen Informationsebene liegt als die Inhalte der darauf folgenden Unterabschnitte. Nummer .0

In nicht-technischen Wissensgebieten ist vielfach ein Anhang zu einer wissenschaftlichen Arbeit verpönt, obwohl der „Apparat“ aus Fußnoten, der den ganzen Text begleitet, nichts anderes als einen Anhang in anderer Form darstellt. Auch ein Literaturverzeichnis und der Lebenslauf des Doktoranden bei einer Dissertation können nicht ernsthaft als Bestandteil des fortlaufenden Textes angesehen werden, sind also Anhang. Damit nicht der Verdacht aufkommt, die Teile des Anhangs würden nur deshalb erscheinen, um den Umfang etwas stattlicher erscheinen zu lassen, muß zu jedem dieser Teile ein fester Bezug vom Hauptteil her erkennbar sein. Bezug zum Hauptteil

An den Beginn des Anhangs stellen Sie den Anhang-Titel, d. h. ein Blatt mit dem Wort ANHANG in Großbuchstaben in der Mitte. Es trägt keine aufgedruckte Seitennummer, wird aber bei der Numerierung mitgezählt. Titelblatt

Nach dem Anhang-Titelblatt erscheint ein eigenes Inhalts-Verzeichnis des Anhangs, in dem alle Anlagen mit Nummer, Überschrift in genauem Wortlaut bzw. Zeichnungstitel und der Seitennummer aufgelistet sind. Inhalts-verzeichnis des Anhangs

Im Anhang gelten keine Vorschriften für den Zeilenabstand. Zum Beispiel können Herleitungen anderthalbzeilig, Listen und Programmausdrucke einzeilig geschrieben werden. Zeilenabstand

Unterteilung

Der Anhang enthält die in den folgenden Abschnitten 18.1 bis 18.16 der Reihe nach für das Beispiel einer Diplomarbeit aus dem Gebiet der Elektrotechnik aufgezählten Teile. Die Aufzählung muß in jedem Fall dem aktuellen Thema angepaßt, also gekürzt oder ergänzt werden. Wie schon im Abschnitt über den Hauptteil gesagt wurde, ist die Trennung zwischen Hauptteil und Anhang mit dem betreuenden Hochschullehrer bei der Gliederungs-Besprechung zu verabreden (vgl. S. 30, Zielmarke 3–2). Beispielsweise fordern manche Betreuer, daß die Bauunterlagen (18.8) und die Bedienungsanleitung (18.3) im Hauptteil erscheinen.

Kein Sachverzeichnis

Ein alphabetisches Sachverzeichnis oder Stichwortregister ist weder bei einer Diplomarbeit noch bei einer Dissertation üblich. Diese Arbeit können Sie sich sparen. Es gibt Textverarbeitungsprogramme, die das Anfertigen eines solchen Verzeichnisses erleichtern, und auch solche, die mit einer automatischen Seitennumerierung arbeiten und diese Aufgabe problemlos erledigen. Es erscheint deshalb durchaus möglich, daß im Lauf der Zeit ein Sachverzeichnis erwartet wird.

18.1 Abkürzungs- und Formelzeichen-Verzeichnis

Die Abkürzungen aus dem Text werden in genau gleicher Form hier in alphabetischer Reihenfolge mit genauem Klartext aufgelistet. Die Abkürzungen bilden die linke Spalte der Liste, die Klartexte die rechte. Dazwischen stehen keine Zeichen à la Doppelpunkt oder Gleichheitszeichen. Mehrzeilige Klartexte werden mit 1zeiligem Abstand geschrieben.

Abkürzungen

Müssen in einem Text viele Formelzeichen verwendet werden, so empfiehlt es sich, ein besonderes Verzeichnis der Formelzeichen mit den genauen Bezeichnungen der Größen anzulegen.

Formelzeichen

Bei umfangreichen Arbeiten wie Dissertationen kann es sinnvoll sein, ein Verzeichnis der Abkürzungen und Formelzeichen statt im Anhang unmittelbar vor der Einleitung einzuordnen.

18.2 Datenblatt des Gerätes

Das Datenblatt enthält in der Form einer Tabelle die technischen Daten der Eingänge und Ausgänge (z. B. Spannungs- und Frequenzbereich, Impedanzen), die Aufzählung der Baugruppen, die Daten der Stromversorgungseinheit (z. B. Nennstrom der Sicherung, Leistung und Ausgangsspannungen), die Ausgabedaten und ihre Fehlergrenzen, die Gehäuseabmessungen und das Gewicht. Diese Liste ist nicht erschöpfend. Geben Sie eventuell in einem besonderen Absatz oder in einem Kasten (Umrahmung) Hinweise zur sicheren Handhabung an, vgl. Betriebsanleitung [HOF–90].

Datenblatt

Bei Softwarearbeiten tritt an die Stelle des Datenblatts eine Liste über die Anforderungen an den Rechner, z. B. vorausgesetztes Betriebssystem mit Versions-Nummer, Programmiersprache und Version, sowie erforderlicher Speicherplatz im Hauptspeicher und auf der Festplatte.

Konfiguration

18.3 Betriebsanleitung

Betriebs-anleitung

Vergessen Sie nicht, ein Bild der Frontplatte mit den Bedienelementen anzufertigen. Eine Zeichnung ist oft klarer als eine Fotografie. Diese verschafft zwar dem Betrachter einen Gesamteindruck, jedoch sind wegen der Verkleinerung des Maßstabs die Aufschriften für die Bedienelemente in der Regel nicht lesbar.

Bedienelemente

Zeitbedingungen

Alle Elemente auf dem Bedienfeld müssen systematisch erklärt werden. Die möglichen Aktionen und ihre Bedingungen werden mit Wenn-dann-Sätzen beschrieben; besondere Bedingungen erklärt man mit Nebensätzen, die mit „falls" oder „sofern" eingeleitet werden. Sätze, die Gründe für eine Aktion angeben, beginnen mit „da" oder „weil". Zeitbedingungen, z. B. in digitalen Schaltungen, verlangen eine besonders sorgfältige Ausdrucksweise. Werden zwei Ereignisse A und Y verglichen und dauert das auslösende oder bedingende Ereignis A von t_a bis t_b, das ausgelöste Ereignis Y von t_y bis t_z, so gelten die folgenden Zuordnungen, wobei Laufzeiten nicht berücksichtigt sind:

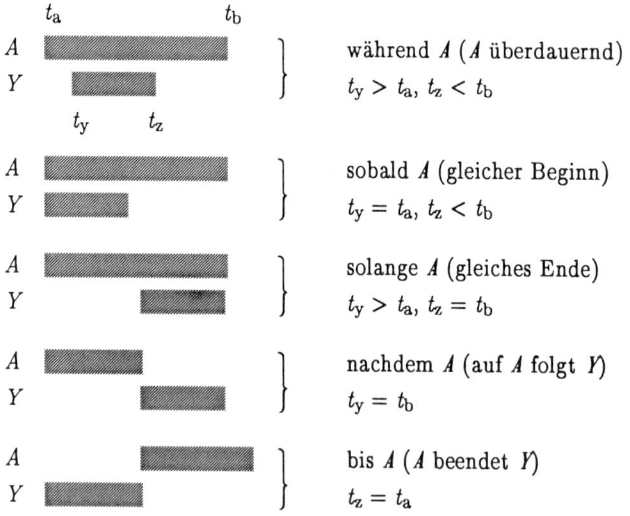

Bild 18-1. Benennung der Zeitbedingungen

Mit dem Wort *Achtung* (engl. caution) und folgender Randeinrückung beginnt ein Hinweis auf eine (gefahrlose) Fehlbedienung. Das Wort *Warnung* (engl. warning) – der darauffolgende Text sollte am Rand eingerückt und mit einer Rechtecklinie umrahmt sein – weist auf eine mögliche Fehlbedienung oder Fehlfunktion hin, die eine Gefahr für Personen oder Sachen hervorrufen kann. Warnhinweis

18.4 Abgleichvorschrift

Die einzelnen Arbeitsschritte beim Abgleichen werden zeilenweise aufgelistet und durchnumeriert. Abgleich

Haben Sie beim Layout der Leiterplatten daran gedacht, die Abgleichelemente gleich klar zu bezeichnen und genügend viele Testpunkte für den Tastkopf vorzusehen?

18.5 Herleitungen

Abschnitte mit längeren Herleitungen würden den Haupttext sprengen, Nebenthemen würden den Haupttext unnötig unterbrechen, deshalb gehören sie in den Anhang. Nebenthemen

18.6 Meßtabellen

Ausführliche Tabellen mit Meßdaten gehören nicht in den Hauptteil, vgl. Abschnitt 9. – Sind für Meßreihen Formblätter vorbereitet worden, und sind Meßwerte handschriftlich sauber, leserlich und kopierfähig eingetragen worden, so können diese als Kopie ohne neue Abschrift mit der Maschine übernommen werden. Fragen Sie aber sicherheitshalber Ihren Betreuer, ob er das zuläßt. Tabellen

Verkleinern von Tabellen

Beim Verkleinern großer Tabellen am Kopierer müssen Sie darauf achten, daß nachher die Ziffern mindestens noch 2 mm ≙ 8 Punkt groß sind.

18.7 Meßdiagramme

Diagramme

Grafische Darstellungen im Anhang zeigen alle Einzelheiten auf (vgl. Abschnitt 10).

18.8 Herstellungs-Unterlagen

Herstellungs-unterlagen

Zu den Herstellungs-Unterlagen rechnen Stromlaufpläne, Schaltteillisten, Ätzvorlagen (Layouts), Bestückungspläne, Bohrpläne, Gehäuse-Konstruktionszeichnungen und Stücklisten.

Stromlaufpläne

18.8.1 Stromlaufpläne

Schaltzeichen

– Genormte Schaltzeichen sparen Erklärungen. Vermeiden Sie „schwarze Kästen“ mit Typennummern; das sind keine Schaltzeichen.

Signalfluß

– Der Signalfluß verläuft von links nach rechts und von oben nach unten, ausgenommen Rückführungen.

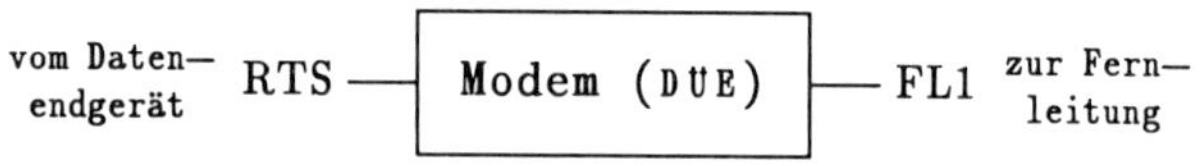

Bild 18-2. Angabe von Signalbezeichnungen

Signalnamen

– Wählen Sie merkbare Kürzel als Signalbezeichnungen für jede der Schnittstellen-Leitungen. Zur Verdeutlichung können die Namen von Signalquelle (von ...) bzw. -senke (zu ...) hinzugefügt werden. Bild 18–2 zeigt ein Beispiel.

– Bauteilnummern werden direkt unter das Bauteil (vgl. BILD 8–2, S. 43) oder links daneben geschrieben. Bezugslinien zwischen Bauteilnummer und Bauteil wie im Maschinenbau stören bei Stromlaufplänen den Bildeindruck und sind deshalb nicht üblich. Bauteilnummern

- Die Anschlußkennzeichnung, z. B. bei integrierten Schaltungen, steht bei horizontalen Verbindungslinien über diesen, bei vertikalen Verbindungslinien links daneben. Anschlüsse

- Teilüberschriften zu Funktionsgruppen stehen am oberen oder unteren Rand der Zeichnung. Funktionsgruppen

18.8.2 Schaltteillisten

Die Schaltteillisten enhalten – in dieser Reihenfolge – Spalten für Lfd. Nr., Kurzzeichen, Benennung, Zahlenwert und Einheit oder Sachnummer, Bemerkungen z. B. über Hersteller. Die Bauteilnummern im Stromlaufplan entsprechen z. T. dem Formelzeichen; vgl. Auszug aus DIN 40 719 für Kennbuchstaben im Anhang. Schaltteillisten

In einer änderungsfreundlichen Schaltteilliste für die Industrie dürfen – statt einer Wiederholung der Benennung in der Zeile darunter – keine Gänsefüßchen verwendet werden. Alle Werte werden jeweils vollständig mit Zahl und Einheit angegeben.

18.8.3 Bestückungspläne

Der Bestückungsplan für eine Leiterplatte zeigt die Bauelementeseite mit den Umrißlinien der Bauelemente und ihren Kurzzeichen nach Schaltteilliste. Zu empfehlen ist eine Zeichnung auf Transparentpapier. Bestückungspläne noch: Bestückungspläne

Dahinter auf dem nächsten Blatt ist dann die Bauelementeseite der Ätzvorlage dargestellt, noch weiter dahinter, also auf dem übernächsten Blatt, nach der Lage passend die Lötseite der Ätzvorlage.

Wundern Sie sich nicht, wenn der Kopierer die Proportionen so stark verzerrt, daß die Orientierungspunkte der Ätzvorlagen sich nicht mehr decken.

18.8.4 Ätzvorlagen

Ätzpläne

Die Ätzvorlagen für gedruckte Leiterplatten bestehen aus je eine Folie oder einem Transparent mit den geätzten Leiterzügen auf der Bauelemente- bzw. der Lötseite.

Bei handverdrahteten Leiterplatten in Lackdraht-Fädeltechnik oder bei Lochrasterplatten genügt der Stromlaufplan.

18.8.5 Verdrahtungsplan

Verdrahtung

Bei mehreren parallel gesteckten Leiterplatten im Gerät ist ein Verdrahtungsplan über alle Verbindungen der Steckerleisten auf den Leiterplatten untereinander und mit den Außensteckern aufzustellen (siehe Muster im Anhang).

18.8.6 Zeichnungen

Bauzeichnungen

Zeichnungen des äußeren und inneren Aufbaus eines Geräts stellen insbesondere das Gerätegehäuse und alle wichtigen Teile (z.B. Meßwertaufnehmer, Stecker) mit ihrer Bemaßung und ihrer Anordnung im Gerät dar.

18.8.7 Stückliste

Die Stückliste enthält entsprechend der Anordnung der Spalten in der Schaltteilliste (s. 18.8.2) alle durch Schrauben oder durch Stecker voneinander lösbaren Teile. Zum Beispiel ist eine bestückte Leiterplatte nur in einer Zeile erwähnt. Stückliste

18.9 Programmablaufpläne bzw. Struktogramme

Struktogramme nach Nassi-Shneiderman enthalten Schrägstriche, die kaum ein Textverarbeitungsprogramm sauber nachzeichnen kann. Es gibt jedoch Varianten, die auf dem Bildschirm leicht zu verwirklichen sind. Ähnliches gilt für Prozedurbäume zur Darstellung von verbundenen Programmteilen (vgl. Anhang). Struktogramme Prozedurbäume

18.10 Programm-Ausdrucke (Listings)

Vorsicht bei Ausdrucken ohne Abstand vom Blattende! Im Notfall müssen davon verkleinerte Kopien im Format DIN A4 angefertigt werden. – Allgemeine Angaben müssen den Programmausdruck einleiten, d. h. schon als Kommentarzeilen im Programm zu Anfang enthalten sein: Programm-ausdrucke

- Sprache, z. B. Assembler
- Datum des Ausdrucks
- Name der Datei
  Versions-Nummer
  Datum der letzten Revision
- Zweckbeschreibung
- Bearbeiter-Name
  Datum der Erst-Bearbeitung

Außerdem zu Beginn der einzelnen Programmteile:

- Zwischenüberschriften
  Kommentare über den Zweck

Programm-Diskette

Anstelle eines kompletten Programmausdrucks kann der Ausarbeitung nach Absprache mit dem Betreuer eine Diskette beigefügt werden. Diese befindet sich sicher in einer stabilen Tasche, die innen auf den hinteren Einbanddeckel geklebt wird.

18.11 Datenblätter außergewöhnlicher Bauteile

Seltene Teile

„Außergewöhnlich" heißt selten, nicht im nächstbesten Katalog zu finden. – Kopien aus Datenbüchern werden auf das Format DIN A4 angepaßt.

18.12 Aufgabenblatt zur Diplomarbeit

Aufgabe

Das Aufgabenblatt enthält die verbindliche Beschreibung der Aufgabe, wie sie der Betreuer gestellt hat.

18.13 Aufgabenbeschreibung zur Diplomarbeit

Firmen-Vorschlag

Falls die Diplomarbeit außerhalb der Hochschule ausgeführt wurde, folgt dem Aufgabenblatt die Beschreibung der Aufgabe nach dem Vorschlag der Firma, von der die Idee stammt.

18.14 Schrifttumsverzeichnis

Quellen-angaben

In der Liste aller Quellenangaben sind diese fortlaufend mit [1], [2], ... durchnumeriert oder bei Harvard-Numerierung nach dem Namen des Verfassers bzw. des erstgenannten Verfassers streng nach dem ABC geordnet (vgl. Abschnitt 11). Allgemein werden nur solche Quellen genannt – diese allerdings vollständig – die im Hauptteil oder im Anhang zitiert werden. Mehrere Veröffentlichungen desselben Autors werden zeitlich in aufsteigender

Reihenfolge geordnet. Bücher und Zeitschriftenartikel werden nicht getrennt aufgeführt; es gibt also nur eine gemeinsame Liste. Die Schrifttumsangaben haben immer die gleiche Reihenfolge und Unterteilung durch Satzzeichen (vgl. Abschnitt 11). Sie werden möglichst eng auf eine bis drei Zeilen geschrieben, wobei die Quellennummer (z. B. [1] oder [TIE–86]) links herausgerückt wird. Der Zeilenabstand zwischen den Quellenangaben ist 1½zeilig; innerhalb einer Quellenangabe ist er 1zeilig.

noch: Quellen-angaben

Im Schrifttumsverzeichnis einer Dissertation können auch eigene Veröffentlichungen und solche Arbeiten aufgeführt werden, die für eine frühere Prüfung verwendet worden sind, wenn deren Ergebnisse für die Dissertation herangezogen wurden.

Eigene Quellen bei einer Dissertation

18.15 Normenverzeichnis

Als zweiter Teil des Schrifttumsverzeichnisses kann, falls viele Normen angewendet worden sind und im Text zitiert werden, ein besonderes Normenverzeichnis von Nutzen sein. Eine zusätzliche Numerierung der Titel ist nicht nötig. Die Reihenfolge der Zitate in der Liste richtet sich nach den Norm-Nummern.

Normen

18.16 Eidesstattliche Erklärung

Die letzte Seite der Diplomarbeit enthält eine unterschriebene Erklärung mit dem Wortlaut:

Eides-stattliche Erklärung

> Hiermit versichere ich, daß ich die vorliegende Arbeit selbständig und nur unter Verwendung der angegebenen Literatur angefertigt habe.
>
> ((Hochschulort)), den ...   ((Unterschrift))

Kein ‚stst'

Es heißt wirklich „selbständig" und nicht „selb*stst*ändig", und es bedeutet, daß keine unerlaubte Hilfe von anderen in Anspruch genommen wurde.

Erklärung bei Dissertationen

Eine entsprechende Erklärung muß auch mit einer Dissertation schriftlich abgegeben werden. Der Wortlaut wird vom Prüfungsamt vorgegeben. Die Erklärung ist nicht Bestandteil der veröffentlichten Fassung der Dissertation.

ZIELMARKE 18–1

▾ Gliederung des Anhangs fertig. Datum: ____________________

19 ... 23 DIE MASCHINENSCHRIFT

19 Textverarbeitung

Reinschrift

Maschinenschrift bedeutet die Reinschrift mit einem rechnergesteuerten Drucker oder mit einer Schreibmaschine auf weißem Schreibmaschinenpapier des Formats DIN A4 und des Gewichts 70 g/m² bis 80 g/m². In diesem und den folgenden Abschnitten liegt das Hauptaugenmerk nicht auf dem Verfassen des Inhalts des geschriebenen Textes, sondern auf seiner klaren Darstellung für das Auge des Lesers.

Maschine

Gleichgültig, ob Sie Ihren Text mit einer Schreibmaschine oder am Personal Computer mit einem kaufmännischen Textverarbeitungsprogramm wie *MS-Word* oder einem der technisch-wissenschaftlichen Textverarbeitungsprogramme schreiben wollen, das Endprodukt muß gut lesbar sein.

Kritische Zeichen

Achten Sie besonders auf eine richtige Darstellung

- zur klaren Unterscheidung der Zeichen für 1 und l (Klein–L), 0 (null, im Text ohne Schrägstrich!) und O (Buchstabe)
- der Sonderzeichen,
- der griechischen Buchstaben wie α, β, γ, Δ, δ, ε, η, ϑ, μ, ν, π, ϱ, Σ, σ, τ, φ, ψ, Ω, ω – mit Unterlängen bei β, γ, μ, ϱ, φ und ψ
- der mathematischen Zeichen wie $<$, $>$, $\pm$, $\approx$, $\hat{=}$, $\leq$, $\geq$, $\sim$, $\cdot$ (mal), $^\circ$, ∂
- der Indizes und Exponenten in ausreichender Zeichengröße
- der Seiten in bezug auf Ränder, Zeilenabstände, Kopfzeilen, Fußnoten und Seitennumerierung

Textsicherung

Machen Sie regelmäßig Sicherungskopien Ihrer Textdateien auf dem Rechner. Bezeichnen Sie die Probeausdrucke stets mit einem vorläufigen Datumseintrag und dem Dateinamen.

Verwenden Sie ein neues schwarzes Farbband für die Reinschrift.

ZIELMARKE 19–1

▾ Neues Farbband eingelegt. Datum: ____________________

20 Seitenformat und Schriftbild

Versuchen Sie nie, ein schlecht gelungenes Schriftbild mit der Unzulänglichkeit Ihrer Schreibmaschine oder Ihres Textverarbeitungssystems zu rechtfertigen. „Wie der Herr, so's Gescherr!“ sagt das Sprichwort. Was die Maschine nicht kann, muß von Hand geschrieben werden.

Der freie Rand links ist ungefähr 40 mm breit, rechts und unten 25 mm, vom oberen Blattrand bis zur Seitennummer 20 mm. Ränder

Sie müssen damit rechnen, daß ein ordentlicher Buchbinder nach dem Binden die Blätter am Rand etwas beschneidet. Blattschnitt

Schreiben Sie fortlaufenden Text nur 1½zeilig. Tabellen und Listen des Anhangs werden oft 1zeilig geschrieben. – Verwenden Sie als Schriftart möglichst Roman 10 oder Courier 10, d. h. eine Schrift mit 10 Zeichen pro Zoll. Zeilenabstand

Blocksatz mit rechtem Randausgleich gibt zwar auf den ersten Blick ein schöneres Satzbild, ist aber nicht leichter zu lesen als Flattersatz. Wie Sie sich entscheiden, ist Geschmackssache. Beim Druck mit fester Schrittweite ergibt Blocksatz deutliche Unterschiede in den Wortabständen, im Gegensatz zum Flattersatz, bei dem die Wortabstände immer gleichmäßig sind. Verzichten Sie auf Blocksatz, wenn Ihr Textverarbeitungsprogramm wegen schlechter Silbentrennung übermäßig lange oder wegen fester Schrittweite ungleichmäßige Wortabstände produziert. Satzbild

Hauptabschnitte wie Einleitung, Grundlagen, Gerätebeschreibung, Auswertung der Meßergebnisse, Zusammenfassung fangen auf einer neuen Seite an. Neue Seite

Absatz-Abstand

Zwischen Absatz und neuer Überschrift bleiben zwei Leerzeilen frei, zwischen Überschrift und anschließendem Absatz eine Leerzeile. Zwischen Absätzen wird eine Leerzeile eingeschoben.

Zeilenschablone

Beachten Sie bitte, daß auf einer 1zeiligen, numerierten Zeilenschablone diese Angaben für Ihren 1½zeiligen Text mit dem Faktor 1,5 multipliziert werden müssen.

Kein Einrücken

Das erste Wort eines Absatzes wird im Gegensatz zum Zeitungsdruck und zu amerikanischem Brauch nicht eingerückt.

Restzeilen

Fangen Sie unten an der Seite einen Absatz nur dann an, wenn noch mindestens drei Zeilen Text Platz haben. Eine einzelne Anfangszeile als letzte Zeile unten an einer Seite – in der Buchdruckersprache ein „Schusterjunge“ – sieht genauso schlecht aus wie ein „Hurenkind“, eine einzelne Schlußzeile oben auf der neuen Seite. Am Seitenende ist eine Worttrennung zu vermeiden.

Schreibseite

Die Blätter sind bei Diplomarbeiten nur einseitig zu beschreiben.

Seiten-numerierung

Die Seitennummern – landläufig auch Seitenzahlen genannt – können oben oder unten stehen. Gedankenstriche davor und dahinter, z.B.: – 15 –, müssen nicht sein. Überflüssig ist der Zusatz *Seite*. Es werden nur arabische Ziffern verwendet. Die Seitennummer 1 kommt auf die erste Seite nach dem Titelblatt. Bei einseitigem Beschreiben werden die Blätter fortlaufend numeriert; bei beidseitigem – wie bei Dissertationen – tragen die rechten Seiten ungerade Nummern, die linken gerade. Wegen späterer Einfügungen tragen Sie die Seitennummern nicht unbedingt schon bei der ersten Maschinenschrift, sondern erst später ein, eventuell auch von Hand oder mit einer Schriftschablone, es sei denn, Sie verwenden ein Textverarbeitungsprogramm mit automatischer Seitennumerierung. Aus praktischen Gründen können die Seiten des Anhangs auch mit A–1, A–2, usw. durchnumeriert werden.

Hervorhebungen

Zum Hervorheben einzelner betonter Wörter oder Namen im fortlaufenden Text sollten Sie vorzugsweise *Kursivschrift* verwenden. Ist ein Gegenstand nach einer Person benannt, z. B. Geiger-Zähler, so wird auf die kursive Schreibweise verzichtet. Um Wörter oder Begriffe vorzustellen oder wörtliche Zitate aus anderen Quellen anzuführen, können diese in „Anführungszeichen" stehen. **Fettschrift** sticht stärker hervor als Kursivschrift. Wenn Sie bei Ihrem Textverarbeitungsprogramm verschiedene Stärkegrade der Fettschrift wählen können, verwenden Sie besser halbfette Schrift. Um Abkürzungen zu erläutern, können Sie (halb-)fette Anfangsbuchstaben verwenden, z. B. **F**eld-**E**ffekt-**T**ransistor FET. Von S p e r r s c h r i f t ist abzuraten, weil sie das Schriftbild unruhig macht. Ähnliches gilt für Unterstreichungen im Text. Benutzen Sie GROSSBUCHSTABEN-Folgen im fortlaufenden Text nur für Abkürzungen.

Schwarze Kunst

Sie sollten auf ein gleichmäßiges Schriftbild Wert legen, da Sie ja keinen Werbeprospekt verfassen. Die Neuerwerbung eines Textverarbeitungsprogramms oder Druckers mit vielen verschiedenen Schrifttypen kann dazu verführen, diese Vielfalt auf breiter Front anzuwenden. Sie sollten aber schon mit Hervorhebungen der genannten Art äußerst sparsam umgehen und sich irgendwelche Druckerspielchen verkneifen.

Falsche Typen

Griechische Buchstaben dürfen nicht übergroß (µm) oder in der Strichstärke unpassend (**Δ** *U*) sein.

Formeln im Text

Formeln werden eingerückt geschrieben und, bei mehreren untereinanderstehenden Formeln, möglichst auf das Gleichheitszeichen zentriert, d. h. die Gleichheitszeichen der Formelzeilen stehen untereinander. Ausnahmsweise können einfache Formeln wie z. B. $R = U/I$ innerhalb des laufenden Textes geschrieben werden, statt mit einem Bruchstrich jedoch auf jeden Fall mit einem Schrägstrich; einfache Exponentialfunktionen wie $\underline{U} = U \cdot e^{j\omega t}$

sind hier ebenfalls leichter in der Form $\underline{U} = U \cdot \exp(j\omega t)$ zu schreiben. Einheitenbrüche wie J/(kg·K) könnten im laufenden Text auch in der Form J·kg^{-1}K^{-1} geschrieben werden, um den waagrechten Bruchstrich zu vermeiden. Die Klammern im Nenner und eventuelle Multiplikationspunkte dienen der Klarheit.

Sonderzeichen

Sonderzeichen, die auf der Schreibmaschine oder dem Typenraddrucker oder im Zeichenvorrat des Textverarbeitungssystems nicht vorkommen, wie z.B. griechische Buchstaben oder besondere mathematische Zeichen, tragen Sie von Hand mit feinem Tuschestift nach.

Leeranschläge

Leeranschläge (Leerschritte, Leerzeichen, Zwischenräume) an der falschen Stelle oder fehlende Leeranschläge sind häufige Fehler von Maschinenschreib-Amateuren. Der Leser stolpert dann unnötigerweise über derartige Mängel. Deshalb, wenn Sie noch üben, tippen Sie künftig die klärende Leere in richtiger Weise („xxx" und „yyy" stehen hier für Wörter, ␣ für einen Leeranschlag).

1. Machen Sie einen Leeranschlag **nach** Satzzeichen wie Ausrufezeichen, Anführungszeichen, rechte Klammer, Komma, Punkt, Doppelpunkt, Strichpunkt und Fragezeichen:

   xxx!␣yyy xxx"␣yyy xxx)␣yyy xxx,␣yyy xxx.␣yyy
   xxx:␣yyy xxx;␣yyy xxx?␣yyy

   ebenso wie zwischen Zahlenwert und Einheit einer Größe, sowie zwischen Prozentsatz und Prozentzeichen:

   z. B. 2␣kΩ bzw. 10␣%.

2. Machen Sie einen Leeranschlag **vor und nach** dem Pluszeichen bzw. Minuszeichen bei

   xxx␣+␣xxx und xxx␣–␣xxx.

3. Machen Sie **keinen** Leeranschlag **nach** den Sonderzeichen Anführungszeichen und linke Klammer: noch: Leeranschläge

"xxx (xxx

und auch **keinen vor** den Sonderzeichen Ausrufezeichen, Anführungszeichen, rechte Klammer, Komma, Punkt, Doppelpunkt, Strichpunkt und Fragezeichen:

xxx! xxx" xxx) xxx, xxx. xxx: xxx; xxx?

genauso **keinen vor und nach** einem Bindestrich (der sonst zum Gedankenstrich verhext wird), einem Multiplikationspunkt oder einem Schrägstrich:

xxx-xxx xxx·xxx xxx/xxx.

Bindestrich

Bindestriche sollen verbinden und dulden deshalb keinen Zwischenraum; dagegen sollen Gedankenstriche mit einem Leerschritt davor und dahinter trennen.
Beispiel:
Strom – Spannungs – Methode ist falsch,
Strom-Spannungs-Methode richtig.

Bindestriche müssen auch logisch richtig gesetzt werden. Nur 1 Bindestrich für z. B. Strom-Spannungsmethode ist zu wenig. *Kein* Bindestrich wird zwischen Zahl oder Zahlwort und damit kombiniertem Wort oder einer Nachsilbe gesetzt. Beispiele: dreiphasig, 3zeilig, 1,5fach. Ausnahmen von dieser Regel sind: 1-1/2-fach, n-te Ordnung. Weitere Beispiele sind im Abschnitt über den Schreibstil erwähnt.

Festes Leerzeichen

Als festen Leeranschlag oder festes Leerzeichen bezeichnet man einen solchen Leerschritt, der das Wort oder die Zahl davor mit dem Wort oder dem Einheitenzeichen dahinter fest verbindet. Der Zahlenwert einer Größe darf nicht allein am Zeilenende stehen und die Einheit am Anfang der neuen Zeile, sondern beides noch: Festes Leerzeichen

zusammen am Anfang der neuen Zeile. Ebenso ist es unzulässig, z. B. die Angabe „3. Aufl." nach dem Punkt durch ein Zeilenende zu trennen. Textverarbeitungsprogramme haben feste Leerschritte als besonderes Zeichen vorgesehen, das es erlaubt, beim Zeilenumbruch den genannten Mängeln vorzubeugen.

21 Korrekturlesen des Maschinentextes

Glauben Sie nicht, Sie könnten alles auf einmal machen. Preisen Sie sich glücklich, wenn Sie eine andere Person als Lektor zum Korrekturlesen finden können. Der Verfasser eines Textes ist nämlich bei dieser Tätigkeit ständig in der Gefahr, Druckfehler deshalb zu übersehen, weil er auch in falsch geschriebenen Wörtern und Formeln das sieht, was er sehen *möchte*. Noch besser ist es, wenn Sie gleich mehr als einen Freund oder Bekannten für das Durchsehen Ihres Textes gewinnen können, etwa zwei fachkundige und einen fachunkundigen. **Lektor**

Die Verständigung mit einer anderen korrigierenden Person klappt ohne umständliches Nachfragen dann am besten, wenn einheitlich Korrekturzeichen nach DIN 16 511 verwendet werden, die im Rechtschreib-DUDEN abgedruckt sind [DUD–73], [HOF–90]. Diese andere Person sollte eine andere Korrekturfarbe verwenden als der Autor selber. **Korrekturzeichen**

▾ Person bzw. Personen zum Korrekturlesen angeworben. Datum: ____________ **ZIELMARKE 21–1**

Es sind *drei* Lesungen notwendig, die verschiedene Ziele im Auge haben: **Lesungen**

1. Lesung:

   Ist eine jede Zeile aus dem Manuskript vollständig in den Maschinentext übernommen worden? (Visuelle Kontrolle) **Vollständigkeit**

Man kann bei dieser Arbeit flotte Radiomusik hören und darf sich *nicht* mit dem Sinn des Textes befassen. Diese Arbeit kann Ihnen auch eine fachunkundige Person abnehmen. Aufzufindender Hauptfehler: halbe oder ganze Sätze fehlen.

2. Lesung:

Recht-
schreibung

Sind alle Wörter und Formelzeichen richtig geschrieben und am Zeilenende richtig getrennt? (Formale Kontrolle)

Nebenher kann man ruhige Kammermusik hören und muß sich allein auf die Rechtschreibung konzentrieren. Diese Lesung und die folgende kann auch von anderen fachkundigen Personen übernommen werden. Aufzufindende Hauptfehler: falsche Bindestriche, fehlende Indizes, fehlende Seitennummern oder Bildnummern bei Hinweisen im Text.

3. Lesung:

Verständlich-
keit

Ist der Text überhaupt verständlich?
(Inhaltliche Kontrolle)

Im stillen Kämmerlein bei absoluter Ruhe vorzunehmen. Machen Sie nicht den Fehler, den dritten Schritt vor den andern tun zu wollen; Sie werden unweigerlich aufs Visuelle oder Formale verfallen, und der Unsinn bleibt im Text drin.

Druck-
wiederholung

Seien Sie nicht traurig, wenn das eine oder andere Blatt nocheinmal und nocheinmal durch den Drucker oder die Schreibmaschine muß, um schließlich so geschrieben zu sein, wie Sie es sich vorgestellt haben. Selbstverständlich folgen dann die Korrekturschritte Nr. 1 und 2 nocheinmal. Bei technischen Texten ist das ein normaler Entstehungsprozeß [DUD-73]. Wer auf gute Form Wert legt, muß immer etwas länger feilen und schleifen. Die dazu erforderliche Zeit nicht eingeplant zu haben, deutet auf Genialität oder Wahnsinn.

ZIELMARKE 21-2

▾ Korrektur in 3 Lesungen beendet. Datum: ____________

22 Fertigstellen der schriftlichen Arbeit

Komponenten

Dem fertigen Maschinentext beizufügen sind die Reinzeichnungen der Geräte- oder Maschinenteile, die Stromlaufpläne von Schaltungen der Elektrotechnik, eventuell auch Fotos eines Meßaufbaus oder des gesamten Geräts und der Leiterplatten.

Einkleben von Bildern und Folien

Im Einzelfall ist zu entscheiden, ob Skizzen und Fotos vor oder nach dem Binden an den vorgesehenen Stellen eingeklebt werden. Wenn Sie Zeichnungen auf Transparentpapier oder Bilder auf Folien einkleben wollen, z. B. Leiterplatten-Ätzfolien, dürfen Sie keinen normalen Klebefilm verwenden, da dieser nach wenigen Monaten trocken wird und abfällt. Es gibt dafür im Papierhandel Spezialklebefilme für Zeichnungen.

Blattfolge

Die Blattfolge der Textteile im gebundenen Buch ist die folgende:

- Leerblatt vorn

  z. B. für Eintragungen durch den Hochschullehrer bei der Korrektur.

- Vortitelseite

  Ein Vortitel mit einer Zeile (Verfasser und Titel) kann vorgesehen werden, ist aber nicht zwingend.

- Titelseite

  Alle Zeilen zentriert oder alle linksbündig, aber nicht mal so, mal so. Über Reihenfolge und Inhalt siehe die Muster im Anhang.

  Diplomarbeiten und Dissertationen müssen als solche gekennzeichnet sein und den Ort der Entstehung (Hochschule) benennen.

noch:
Blattfolge

- Rückseite der Titelseite (nur bei Dissertationen)
  Namen des 1. und 2. Gutachters
  (Berichterstatters, Erst- und Zweitreferenten)
  Tag der mündlichen Prüfung
  Evtl. Institutsanschrift; evtl. Anschrift der Druckerei
  Evtl. Copyright-Vermerk („Alle Rechte ... vorbehalten“)
- Vorwort (nur bei Dissertationen); Dankesworte an Förderer
- Inhaltsverzeichnis
- evtl. Bilderverzeichnis
- evtl. Tabellenverzeichnis
- (Bei Dissertationen:)
  Kurzfassung mit engl. Übersetzung (Summary)
- evtl. Verzeichnis der Abkürzungen und Formelzeichen
- Einleitung
- Hauptteil
- Zusammenfassung (bei Diplomarbeiten)
- Anhang
- Lebenslauf und Bildungsgang
  (1 Seite; nur bei Dissertationen)
- Leerblatt hinten.

Lassen Sie dann den Buchbinder an die Arbeit gehen. Verlangen Sie eine gute Klebebindung mit Kartondeckel und Textil-Klebeband am Rücken. Fragen Sie im Zweifelsfall Ihren Betreuer, ob er einen besonderen Einband wünscht, evtl. eine besondere Farbe des Kartons. In Einzelfällen kann eine feste Buchbindung erwünscht sein. Bindearbeit

Statt der Klebebindung dulden manche Betreuer bei Diplomarbeiten auch Klemmhefter. Diese haben mehrere Nachteile: Seiten können leicht herausgenommen werden; der Klemmrücken erschwert das Aufklappen zum Lesen; der Platzbedarf im Bücherschrank ist fast doppelt so groß. Bindeart

Falls Sie den Einband Ihrer Diplomarbeit beschriften wollen, verwenden Sie am besten Tusche und Schriftschablone. Die Aufschrift enthält nur Ihren Namen und das Thema der Arbeit. Einband-Beschriftung

Dissertations-Exemplare müssen gebunden sein. Auf dem Einband stehen entweder dieselben Angaben wie auf dem Titelblatt aufgedruckt, oder der Name des Verfassers, das Thema, das Wort Dissertation, der Name und der Ort der Hochschule und das Jahr, sowie evtl. der Name der Veröffentlichungsreihe mit der Band-Nummer und dem Namen des Herausgebers. Dissertations-Einband

▾ Buchbindearbeit angemeldet. Datum: ZIELMARKE 22–1

____

▾ Kopie(n) angefertigt. Datum: ZIELMARKE 22–2

____

▾ Eidesstattliche Erklärung (bei einer Diplomarbeit) unterschrieben. Datum: ZIELMARKE 22–3

____

ZIELMARKE 22–4

▾ (Bei einer Diplomarbeit:) Original abgeliefert.
(Dissertation siehe nächster Abschnitt).
Datum: ______________

23 Abgabe einer Dissertation

Um das Promotionsverfahren einzuleiten, richtet der Doktorand ein schriftliches Gesuch an den Dekan des zuständigen Fachbereichs. Beigefügt ist diesem die maschinengeschriebene Dissertation in mindestens drei Ausfertigungen, wenn die jeweilige Promotionsordnung nichts anderes vorsieht. Außerdem müssen eine Übersicht über den Lebenslauf und den Bildungsgang sowie eine Erklärung darüber beigefügt sein, ob schon früher eine Promotion versucht wurde (falls ja, mit näheren Angaben über Zeitpunkt, Hochschule, Dissertationsthema und Ergebnis dieses Versuchs).

Gesuch

Exemplare

Lebenslauf

Erklärung

▾ Gesuch beim Dekan abgegeben. Datum: ____________ ZIELMARKE 23–1

Der Veröffentlichung der Dissertation geht die mündliche Prüfung mit Disputation bzw. eine Fachprüfung voraus. Die zu veröffentlichende Fassung muß vom Doktorvater („Erstreferenten“) genehmigt sein. Dabei sind eventuelle Auflagen des Prüfungsausschusses zu berücksichtigen. Wenn die veröffentlichte Fassung erweitert oder gekürzt wurde, so muß dies vermerkt sein. Macht eine Kürzung mehr als die Hälfte des ursprünglichen Umfangs aus, so gilt die Veröffentlichung als auszugsweise.

Genehmigung

Änderungen

▾ Genehmigung des Erstreferenten eingeholt. ZIELMARKE 23–2
Datum: ____________

Der Promovierte darf seinen Titel erst dann führen, wenn er die Doktorurkunde in Händen hält, und die bekommt er, wenn die Pflichtexemplare der Dissertation beim Fachbereich abgeliefert sind. Für deren Herstellung hat der angehende Doktor ein Jahr Zeit. Findet er einen Buchverlag, der eine Mindestauflage von 150 Exemplaren nachweist, so müssen beim Fachbereich nur

Pflicht-
exemplare

noch: Pflicht- exemplare

6 Pflichtexemplare abgeliefert werden. Die gleiche Zahl gilt, wenn eine Zeitschrift die Veröffentlichung übernimmt. Bei einem auszugsweisen Abdruck in einer wissenschaftlichen Zeitschrift sind beispielsweise (Technische Hochschule Darmstadt) 8 maschinengeschriebene Exemplare der ungekürzten Fassung und 6 Exemplare des Zeitschriftenartikels abzugeben. Man kann auch die Abgabe von 6 Exemplaren in kopierfähiger Maschinenschrift vorsehen, wenn gleichzeitig die Mutterkopie und 150 Mikrofiche-Kopien der Hochschule zur Verfügung gestellt werden. Falls diese Möglichkeiten nicht in Frage kommen, läßt der Promovierte 150 Exemplare der Dissertation auf eigene Kosten drucken und liefert sie ab.

Zusammenfassung

Gleichzeitig mit den Pflichtexemplaren muß der Promovierte eine Zusammenfassung (Abstract) auf einem losen Blatt einreichen, die vom Erstreferenten genehmigt sein muß. Für die Abfassung dieses Textes gibt es ein Merkblatt der Deutschen Bibliothek Frankfurt am Main.

ZIELMARKE 23-3

▼ Zusammenfassung vom Erstreferenten genehmigt.
Datum: ______________

Verlängerung

Dauert die Prozedur der Veröffentlichung länger als ein Jahr, so muß beim Prüfungsausschuß rechtzeitig ein Antrag auf Verlängerung der Frist (bis zu 1 Jahr) gestellt werden. Garantiert ein Verlag die Veröffentlichung, so kann der Zeitraum u. U. bis zu fünf Jahren ausgedehnt werden.

ZIELMARKE 23-4

▼ Fristverlängerung beantragt. Datum: ______________

ZIELMARKE 23-5

▼ Druckauftrag erteilt. Datum: ______________

24 ... 26 DAS KOLLOQUIUM

Kolloquium

An manchen Hochschulen hält ein Diplomand zum Abschluß seiner Diplomarbeit einen kurzen Vortrag über seine Diplomarbeit im Rahmen eines Seminars oder Kolloquiums. Für viele Diplomanden ist dies der erste öffentliche Auftritt als Redner vor einem mehr oder weniger großen Zuhörerkreis überhaupt. Nervosität und Lampenfieber sind eine normale Begleiterscheinung. Nach einer rechtzeitigen Vorbereitung und mit Hilfe des Folienprojektors kann jedoch auch ein ungeübter Referent einen einigermaßen freien und gut strukturierten Vortrag halten. Als Fachmann auf seinem Arbeitsgebiet kann er auch einer anschließenden Diskussion ohne Bangen entgegensehen.

Im folgenden Text geht es darum, Anregungen für die Auswahl der Vortragsgegenstände zu geben. Ein zweiter Abschnitt enthält einige Tips zur Vorbereitung von Projektionsfolien, und schließlich folgen in einem dritten Abschnitt einige Hinweise zum mündlichen Vortrag.

24 Vorbereitung des Vortrags

24.1 Stoffauswahl

Auswahl

Wegen der sehr beschränkten Zeit für den Vortrag stehen Sie vor der quälenden Frage, welche Partikel Sie aus der vergleichsweise riesigen Menge von Informationen auswählen sollen, die Sie während vieler Wochen für Ihre Arbeit zusammengetragen haben.

Kriterien

Suchen Sie die Beispiele am besten so aus, daß Sie mit einem Minimum an darzulegenden theoretischen Grundlagen auskommen, selbst dann, wenn Ihre Arbeit auf einem Gebiet lag, das den studentischen Zuhörern im Kolloquium nicht aus Pflichtvorlesungen bekannt ist. Sie werden auf viele Einzelthemen verzichten müssen, auch wenn Ihnen diese während Ihrer Arbeit viel Schweiß abverlangt haben.

Keine Herleitungen

Herleitungen lassen Sie ganz weg, es sei denn, sie wären ein zentraler Teil Ihrer geleisteten Arbeit.

Varianten

Beschränken Sie sich bei mehreren Lösungsvarianten, die Sie untersucht haben, im Vortrag grundsätzlich auf eine einzige. Erwähnen Sie bei einer oder zwei der anderen nur kurz, warum Sie nicht zum Erfolg führen konnten oder den zweiten Rang behielten. Zu viele Lösungsmöglichkeiten für ein Problem verwirren den Zuhörer mehr, als daß sie ihm helfen. Arbeiten Sie lieber das Wesentliche an der bevorzugten Lösung heraus.

Ergebnisse

Gehen Sie nur kurz und mit grob gerasterten Diagrammen auf Meßergebnisse und ihre Auswertung ein, um Ihre Zuhörer nicht zu langweilen. Bei einer rein theoretischen Arbeit können Sie mit Sprüngen über langweilige Durststrecken hinweg Ihre Zuhörer bei der Stange halten, indem Sie außer dem Problem und dem Lösungsansatz gleich die Ergebnisse mitteilen.

Fehlschläge

Erzählen Sie von Fehlschlägen nur dann, wenn es unbedingt notwendig erscheint, etwa um zu betonen, wie pfiffig Ihre Lösung des Problems ist. Enthalten Sie sich jeder Selbstbewertung Ihrer Arbeit. Aber lassen Sie ruhig Vergleichszahlen sprechen.

Kontakt zur Hörerschaft

Da Sie auf dem Spezialgebiet, auf dem Sie Ihre Arbeit gemacht haben, nun besonders kompetent sind, besteht vermehrt die Gefahr, daß Sie über die Köpfe der Zuhörer hinwegreden. Bremsen Sie sich also beim Einstieg in schwierige Einzelheiten oder Theorien. Ködern Sie die Aufmerksamkeit der Zuhörer zwischendurch mit Dingen, die vielleicht nicht gerade jedem, aber doch den meisten bekannt sind.

24.2 Gliederung des Vortrags

Aus dem vorigen Abschnitt ergibt sich das Wesentliche für die Gliederung. Ein strenges Schema schützt vor späterem Zeitdruck dadurch, daß vier Teile des Vortrags schon bei der Vorbereitung beachtet werden: Gliederung

1. Einleitung: Das Aufgabengebiet umreißen; über den Stand der Technik berichten; das Problem deutlich machen (warum? wozu?). Eventuell hier schon Fachausdrücke im voraus erklären.

2. Das Prinzip: Anhand z. B. eines Blockschaltbildes die Randbedingungen und die Funktion erläutern; bei einem Programmaufbau die Randbedingungen, die Struktur und die wichtigsten Variablen vorstellen.

3. Besonderheiten: Einzelne, aber keinesfalls zu viele, besonders interessante Details erklären; auf besondere Kniffe sowie Schwierigkeiten und ihre Lösung eingehen; wichtige Meßdaten darstellen.

4. Schluß: Die Ergebnisse zusammenfassen; Grenzen der Anwendung nennen.

Die Gliederung muß auch den roten Faden in Ihrer Rede erkennen lassen. Überlegen Sie schon bei der Vorbereitung, welche Stücke bei Zeitmangel gestrichen werden müssen. Lassen Sie z. B. eine Folie ganz weg, wenn die Zeit fehlt, sie zu besprechen. Zeitmangel

25 Richtlinien für Folien

`Projektor`

Der Vorbereitung der Folien für den Tageslichtprojektor (engl. overhead) wird ein besonderes Kapitel gewidmet. Für Diplomanden als Anwender stellt dieses Medium Neuland dar.

25.1 Schrifthöhe und Liniendicke

`Schrifthöhe`

Die Mindest-Schrifthöhe ist **5 mm** für einen Hörsaal von 8 m Länge, in dem der Tageslichtprojektor (Overhead) etwa 3 m vor der Bildwand steht. Andernfalls ist in der hinteren Saalhälfte für die Zuhörer nichts mehr lesbar. Schreibmaschinen- oder Druckerschrift ist nur 3,5 mm hoch, also **nicht** geeignet. Prüfen Sie die Vorlage aus einem Abstand von 2,2 m oder mehr auf Lesbarkeit.

`Indizes`

Indizes sind deutlich tiefer und Exponenten ebenso deutlich höher zu setzen. Die Schrifthöhen-Regel gilt für diese ebenso.

`Liniendicke`

Zeichnen Sie Diagramme mit Rasterlinien 0,5 mm dick und Kurvenlinien 1,0 mm dick. Das ist nicht übertrieben.

`Achsen-beschriftung`

An den Achsen der Diagramme dürfen nicht zu viele Zahlenwerte angebracht werden. Größen sind wie üblich in Schrägschrift, Einheiten in Geradschrift zu schreiben.

25.2 Ungeeigneter und geeigneter Folien-Inhalt

`Stichwörter`

Ungeeignet zur Projektion ist fortlaufender Text. Zuhörer sind keine Ableser. Stichwort-Aufstellungen sollen nicht mehr als 5 Zeilen enthalten und nur wenige Wörter innerhalb einer Zeile. Wählen Sie bei einer Aufstellung charakteristischer Daten nur die 5 wichtigsten aus.

Diagramme

Herleitungen gehören nicht auf eine Folie (vgl. Abschnitt 24.1), ebensowenig wie Formelsammlungen und Zahlentabellen. Damit kann man beim Zuhörer nur Langeweile hervorrufen. Statt Zahlentabellen skizziert man Balkendiagramme oder Liniendiagramme. Die Balkendiagramme dürfen nicht mehr als 5 wichtige Werte enthalten. Müssen in einem Vortrag Zahlen genannt werden, dann sind diese immer auf die Folie oder an die Tafel zu schreiben.

Blockdarstellung

Ungeeignet zur Projektion sind detaillierte Zeichnungen und Stromlaufpläne, da bei einem Vortrag keine Aufbaueinzelheiten besprochen werden sollen, sondern das grundsätzliche Problem. Stattdessen sind auf Folie z. B. Prinzipschaltbilder mit nur wenigen Funktionsgruppen in Blockdarstellung zu skizzieren. Werden ausnahmsweise Einzelheiten aus einer Schaltung besprochen, so ist ein Ausschnitt aus dem Stromlaufplan mit den wichtigsten Bauelementen zu zeichnen, ohne jede Typen- oder Anschlußnummer, aber mit Bezeichnung der Funktion wie „Verstärker“, „Begrenzer“ usw.

Programmblöcke

Ungeeignet zur Projektion sind Einzelheiten aus Programmablaufplänen. Die Arbeitsschritte eines Programms werden vielmehr blockweise zu Vorgängen zusammengefaßt (vgl. Muster im Anhang).

Bildkopien

Werden fertige Vorlagen aus der Literatur auf Folien kopiert, so hilft keine Ausrede bei einem Verstoß gegen die Regeln für Schrifthöhe und Liniendicke. Eventuell ist eine Nachbesserung von Hand oder eine Herausvergrößerung mit einem geeigneten Kopierer erforderlich.

Farben

Belebt wird eine Folie, wenn wichtige Einzelheiten mit Farben hervorgehoben werden, das Wichtigste in Rot. Das Einfärben von Teilen erst während des Vortrags steigert die Aufmerksamkeit noch: Farben

der Zuhörer. Halten Sie Folienschreiber bereit. Verwenden Sie aber nicht zu viele Farben, im Vortrag selber nur eine oder zwei.

ZIELMARKE 25-1

▾ Folienschreiber beschafft. Datum: ____________

Bilder

Bei Bildern das Wichtigste soweit möglich in die Mitte setzen. Der Signalfluß soll bei Blockschaltbildern und Schaltungseinzelheiten von links nach rechts und von oben nach unten gerichtet sein. Bei Rückkopplungszweigen ist die Gegenrichtung mit Pfeilen zu verdeutlichen. – Ergänzende Textzeilen stehen, wenn überhaupt, immer unterhalb eines Bildes.

Kein Transparent

Man erlebt als Zuschauer immer wieder den vergeblichen Versuch eines Redners, auf Transparentpapier festgehaltene Zeichnungen oder Diagramme zu projizieren. Nur glasklare Folien sind projizierbar.

25.3 Das Folienformat

Format

Bei vielen Projektoren ist von einer Folie im Format DIN A4 nicht die volle Breite und nicht die volle Höhe ausnutzbar. Es empfiehlt sich, vorher ein Muster mit den erlaubten Rahmenlinien anzufertigen.

Bildserien

Bildaufbau

Sind mehrere Bilder zusammen auf eine Folie kopiert, so deckt man mit einem Blatt Papier diejenigen ab, die erst später besprochen werden. Teile eines gerade besprochenen Bildes abzudecken und erst nach und nach für den Betrachter freizugeben, ist aus der Sicht des Zuschauers nicht vorteilhaft, sondern eine Art Folienstriptease. Es gibt eine bessere Lösung. Mit am Rand angeklebten Teilabdeckungen lassen sich Teile eines Bildes nach und nach zu einem Ganzen entwickeln. Mit lose aufeinandergelegten Folien kann man Bewegungsabläufe erklären.

Von den acht Möglichkeiten, eine Folie mit dem Rand ausgerichtet auf einen Projektor zu legen, sind sieben falsch und nur eine richtig. Wenn die Ausrichtung nicht schon durch den Inhalt mit Bildern und Text ins Auge springt, ist es vorteilhaft, durch ein deutlich aufgemaltes R an der rechten oberen Ecke jeder Folie ein schnell wirksames Orientierungsmittel parat zu haben und einem eventuellen Wirrwarr während des Vortrags vorzubeugen. Orientierung

25.4 Projektionsdauer

Alles, was auf einer Folie zu sehen ist, muß besprochen werden. Umgekehrt darf also keine unnötige Information auf einer Folie erscheinen, die dann nicht besprochen wird. Das ist eine eiserne Regel. Verstößt ein Referent dagegen, so gibt er seinen Zuhörern sofort zu erkennen, daß er sich schlecht vorbereitet hat. Umfang

Die Zuhörer können nicht gleichzeitig dem Vortrag zuhören und einen ergänzenden oder ein Nebenthema behandelnden Text von der Projektionswand ablesen. Jeder Text in einem Bild muß mit dem Zuhörer zusammen gelesen werden. Zur Blickführung schieben Sie ein Abdecklatt schrittweise nach unten. Lange Texte oder Formelketten dürfen so nicht vorgetragen und zum Lesen vorgelegt werden. Bei Diagrammen fängt die Erläuterung immer mit den Parametern an der Achsenbeschriftung an. Ausführliche Schaltbilder können nicht durchgenommen werden. Besser ist es, die benötigten Einzelheiten in einem eigens dafür angefertigten Bild neu zusammenzustellen. Selbstkonkurrenz

Jede Folie so lange zeigen, daß sie auch der Zuhörer wirklich ohne Hast betrachten kann – oder sie überhaupt nicht zeigen. Zeigedauer

Eine leere Bildwand wirkt auf den Betrachter lästig. Decken Sie den Projektor mit einem Blatt Papier ab, wenn er vorübergehend nicht gebraucht wird, aber schalten Sie ihn *nicht* aus. Das schont Bereitschaft

Altes Bild

die Lampe. – Sie sollten die Zuhörer auch nicht an einem „alten“ Bild hängen lassen, während Sie schon den nächsten Abschnitt vortragen.

ZIELMARKE 25-2

▼ Folien für das Kolloquium vorbereitet. Datum: ______________

26 Hinweise für den Vortrag

26.1 Verhalten des Redners

Auftritt

Im ersten Augenblick nach dem Auftreten eines Redners konzentriert sich das Interesse der Zuhörer instinktiv auf ganz Vordergründiges, d. h. dessen äußeres Erscheinungsbild so wie Bekanntheitsgrad, seine Größe, Kleidung und Körperbewegungen. Mit dem Blick auf das Publikum wartet der Redner, bis es im Saal ruhig ist. In dieser Zeit kann er ruhig durchatmen, um den sprichwörtlichen Kloß im Hals und seine Nervosität zu bekämpfen. Erst dann nennt er sein Thema, zeigt es am besten auf der Folie oder schreibt es an die Tafel. Damit beginnt der Vortrag.

Hände

Hände in den Hosentaschen lassen die Zuhörer vermuten, Sie seien entweder übermäßig nervös, oder Sie legten nicht den nötigen Ernst an den Tag. Legen Sie notfalls – wenn Sie Ihre Hände „aufräumen“ wollen – diese ruhig auf eine Unterlage, z. B. einen Tisch oder auf den Rand des Projektors.

Blickkontakt

Projektoren für Folien (Tageslichtprojektoren, Overheads) sind so konstruiert, daß der Redner dauernd mit Blickkontakt zu den Zuhörern sprechen kann, also **nie** zur Projektionswand. Ihren „Zeigestock“ haben Sie ganz bequem vor sich und tasten nicht an der Wand herum. Auf Einzelheiten in einer Folie wird nicht mit wild kreisenden Bewegungen und nicht mit dem Finger, sondern mit einem auf die Folie *gelegten* Kugelschreiber hingewiesen. Dann zittert dieser „Zeiger“ nicht. Es ist nicht empfehlenswert, statt des jedem geläufigen Kugelschreibers irgendeinen exotischen Gegenstand in Pfeilform zu benutzen, denn Sie sollen kein Zeigegerät vorstellen, sondern auf das Gezeigte aufmerksam machen.

Zeiger

Pausen

Sprechen Sie so frei wie möglich. Machen Sie gezielt Pausen, um dem Zuhörer Zeit zum Mitüberlegen zu geben. Außerdem fällt dann eine unwillkürliche Pause nicht so sehr auf, sollten Sie doch einmal den Faden verlieren. – Reden Sie mit einer Lautstärke, die Sie für leicht übertrieben halten. Dann wird sie bei dem oft vorhandenen Hintergrundgeräusch (z. B. Verkehrslärm von draußen) gerade richtig. Variieren Sie die Lautstärke; das macht den Vortrag lebendiger.

Lautstärke

Abgang

Schließen Sie Ihren Vortrag mit einem oder zwei Sätzen, in denen Sie die wichtigsten Fakten Ihres Vortrags wiederholen. Da Sie nicht wie ein Politiker eine gerade gehaltene Überzeugungsrede beenden, sparen Sie sich besser die unpassende Floskel: „Meine Damen und Herren, ich danke Ihnen“. Blicken Sie einfach ruhig zum Seminarleiter hin. Er ist es, der anschließend die Zuhörer zum Fragenstellen auffordert, nicht Sie. Sollte er seine Gedanken gerade nicht bei der Sache haben, können Sie ihm mit dem Satz nachhelfen: „Damit bin ich am Ende meines Vortrags“.

Beifall

Am Schluß des Vortrags spendet das Publikum den mehr oder weniger zu Recht verdienten Beifall. Sie stehen dann nicht steif wie ein Ölgötze da oder laufen hastig von der Bühne, sondern bedanken sich freundlich dafür mit einer kurzen Verbeugung.

Diskussion

Dem Vortrag schließt sich eine Diskussion mit dem Redner an, um Fragen aus dem Zuhörerkreis zu beantworten. Der Vortragende wird als der Sachkundige angesehen, dessen vertiefte Kenntnisse über einen Gegenstand plötzlich gefragt sind. Fassen Sie deshalb diese Fragen positiv auf und glauben Sie nicht, ein Fragesteller wolle Sie bloß damit aufs Kreuz legen. Wenn Sie etwas *nicht* in Erfahrung bringen konnten, was der Fragesteller gerne geklärt gehabt hätte, liegt es bestimmt nicht daran, daß Sie leichtfertig vor sich hin gewurstelt haben; bei mehr Zeit und Aufwand an Gerät hätten Sie die Frage wohl beantworten können.

26.2 Der Vortragsablauf

Die erlaubte Dauer eines Vortrags einschließlich anschließender Diskussion und eventueller Vorführung der praktischen Diplomarbeit ist meistens genau vorgeschrieben, z.B. 20 Minuten. Diese Zeit darf auf keinen Fall überschritten werden. Dauer

Lassen Sie sich nicht während des Vortrags zu einer spontanen Änderung Ihrer Gliederung hinreißen. Ein Nebenthema könnte zu einem bedenklichen Zeitverlust führen. Keine Abschweifung

Vielen Zuhörern sind möglicherweise das Thema, einzelne Fachausdrücke und Schaltungsprinzipien noch völlig unbekannt. Wiederholen Sie deshalb in Ihrem Vortrag wichtige Dinge; Sie können auch durch rhetorische Fragen (d.h. Fragen, die Sie gleich anschließend selbst beantworten) die Spannung im Hinblick auf die sofort gegebene Antwort erhöhen. Wiederholungen Rhetorische Fragen

Schreiben Sie Namen und besondere Fachausdrücke an die Tafel oder auf eine leere Folie. Es kann nützlich sein, auflockernde Zwischenbemerkungen, z. B. über eine verführerische, aber aus unerwarteten Gründen dann doch verworfene Lösung, in den Redefluß einzustreuen, wenn die Aufmerksamkeit der Zuhörerschaft nachlassen sollte. Versuchen Sie nie, Ihrer Fachkompetenz durch einen Wust von fremdartigen Abkürzungen, Laborslang oder einen Hagel von Fremdwörtern Ausdruck zu verleihen. Fachausdrücke Zwischenbemerkungen

Wenn Sie im Anschluß an den Vortrag oder in seinem Verlauf ein Modell vorführen möchten, sollten Sie den berüchtigten Vorführeffekt nach dem 1. Gesetz von Murphy („Wenn etwas schiefgehen kann, dann geht es auch schief") beachten. Auf jeden Fall sollten Sie den Aufbau, wie er am Vortragsort besteht, durch mehrere Versuche zuvor testen. Haben Sie das versäumt, so zeigen Sie lieber nur auf das stillstehende Gerät und seine Teile. Ein kurzer Vorführung Test am Ort

Ablauf bei der Vorführung verlangt nach einer oder zwei Wiederholungen. Der erste Lauf ist zum Staunen, der zweite zum Verstehen, der dritte zum Genießen, sagt eine alte Regel.

Sprechprobe

Ein Redner kann seine Sprechweise bei der Vorbereitung gut mit Mikrofon und Tonkassette oder Tonband und auch die Vortragsdauer mit der Uhr kontrollieren. Beim Reden ist es wie bei anderen Übungen im Leben: man lernt es nicht beim Zuhören, sondern durch Selbermachen.

Probelauf

Halten Sie Ihren Vortrag als Generalprobe vor Freunden und bitten Sie um Verbesserungsvorschläge. Verwenden Sie dabei Ihre Folien und Ihre Vorführgeräte. Üben Sie die Bedienung des Projektors und, falls im Vortragssaal vorhanden, die Anwendung der Fernsehkamera und der Monitoren, wenn Sie nicht gerade ein geborener Kameramann sind. Auch mit den Schaltern für Licht und Verdunkelung im Vortragssaal sollten Sie sich rechtzeitig vertraut machen.

ZIELMARKE 26–1

▾ Termin und Raum für die Generalprobe festgelegt und Hörer dazu eingeladen. Datum: ______________

ZIELMARKE 26–2

▾ Generalprobe gehalten. Datum: ______________

27 Schlußwort

Wenn dieses Buch die Vorbereitungen zu Ihrer Arbeit erleichtert, wenn es mit allerhand Tips Ihre Schreibarbeit beschleunigt, und wenn es sogar Ihren Vortrag im Kolloquium verbessert, kurz, wenn es Sie in einem wichtigen Abschnitt Ihres Lebens begleitet hat, dann hat es seinen Zweck erfüllt. Es wollte nicht mehr bieten, als ein Stück der Gleise zu legen, auf denen der Zug Ihrer Ideen und Lösungsansätze möglichst flott und ungebremst zwischen dem Gestrüpp am Weg hindurch und auf sicheren Brücken über Hindernisse hinweg zum Ziel gelangen konnte. Es sollte Ihnen die eine oder andere Sorge abnehmen und zu schnellen Ergebnissen beim Beschaffen von Informationen, aber auch beim Regeln von manchem Kleinkram verhelfen, der eben bei einem Werk wie dem Ihrigen beachtet werden muß. In einigen Fällen hat es Sie nur an Regeln erinnert, die Sie eigentlich ohnehin schon wußten.

Wenn Sie nun Ihre Arbeit getan haben, und sie Ihnen trotz all der Anstrengung letzten Endes Freude bereitet hat, dann haben Sie bestimmt Lust bekommen, in diesem Stil weiterzuarbeiten. Sie hätten bei etwas mehr Zeit das eine oder andere noch gern gelesen und eingearbeitet und da und dort noch tiefer geforscht, um Ihr Werk weiter zu verbessern. Bei aller Freude über die vollbrachte Leistung bleibt ein Rest von Unzufriedenheit. Das ist ein guter Ansatz für Ihren weiteren Berufsweg als Ingenieur oder Naturwissenschaftler. Es zeigt, daß Sie auf den Geschmack gekommen sind.

* * *

ANHANG

* * *

INHALTSVERZEICHNIS DES ANHANGS

Anhang 1: Liste der naturwissenschaftlichen und technischen Informationszentren in Deutschland

Arbeitsgemeinschaft Fachinformation e. V. (AFI)
Untermainkai 83, 6000 Frankfurt am Main 1
Tel. 0 69–23 31 28

Bundesanstalt für Geowissenschaften und Rohstoffe (BGR)
Informationszentrum Rohstoffgewinnung – Geowissenschaften – Wasserwirtschaft (GEOFIZ)
Postfach 51 01 53, Stilleweg 2, 3000 Hannover 51
Tel. 05 11–6 43–28 19/28 14, Telex 923 730 bfb(bgr)ha d

Bundesanstalt für Straßenwesen (BASt)
Fachgruppe Dokumentations- und Informationssysteme
Postfach 10 01 50, Brüderstr. 53, 5060 Bergisch Gladbach 1
Tel. 0 22 04–43–3 51, Telex 8 878 483 bas d

Deutsche Forschungsgesellschaft für Druck- und Reproduktionstechnik e. V. (FOGRA),
Streitfeldstraße 19, 8000 München 80, Tel. 0 89–4 31 82–18

Deutsches Informationszentrum für Technische Regeln (DITR)
im DIN Deutsches Institut für Normung e. V.
Postfach 11 07, Burggrafenstr. 6, 1000 Berlin 30
Tel. 0 30–26 01–6 31, Telex 185 269 ditr d, Fax 0 30–26 01–2 31

Deutsches Institut für Medizinische Dokumentation und Information (DIMDI)
Weisshausstr. 27, 5000 Köln 41
Tel. 02 21–47 24–1, Telex 8 881 364 dim d, Btx *44 479#

Deutsches Patentamt, Bibliothek
Zweibrückenstr. 12, 8000 München 2
Tel. 0 89–21 95–34 35, Telex 523 534, Fax 0 89–21 95–22 21

Fachinformationszentrum Chemie GmbH
Postfach 12 60 50, Steinplatz 2, 1000 Berlin 12
Tel. 0 30–31 90 03–0
Telex 181 255 fizc d, Fax 0 30–3 13 20 37

Fachinformationszentrum Energie, Physik, Mathematik GmbH Karlsruhe (einschl. Technologie, Luft- und Raumfahrt, Weltraumforschung, Astronomie, Informatik)
7514 Eggenstein–Leopoldshafen 2
Tel. 0 72 47–82–45 66, Telex 17 724 710+, Teletex 724 710=FIZKA,
Fax 0 72 47–29 68

Fachinformationszentrum Karlsruhe
Postfach 24 65, 7500 Karlsruhe 1
Tel. 0 72 47–82–46 00/–45 66, Telex 17 724 710+, Teletex 724 710 FIZKA,
Fax 0 72 47–82–46 39

Fachinformationszentrum Technik e. V.
Postfach 60 05 47, Ostbahnhofstr. 13, 6000 Frankfurt am Main 1
Tel. 0 69–43 08–2 25, Telex 4 189 459 fizt d

Fachinformationszentrum Werkstoffe e. V.
Unter den Eichen 87, 1000 Berlin 45
Tel. 0 30–83 00 01–0, Telex 186 387 fizw d, Fax 0 30–8 11 20 29

Gesellschaft für Information und Dokumentation mbH
Informationszentrum (GID-IZ)
Postfach 71 03 63, Herriotstr. 5, 6000 Frankfurt am Main 71
Tel. 0 69–66 87–3 63, Telex 414 351 gidfm d, Fax 0 69–66 87–3 36, Btx *69 300#

Informationszentrum Raum und Bau (IRB) der Fraunhofer-Gesellschaft
Nobelstr. 12, 7000 Stuttgart 80
Tel. 07 11–68 68–5 00, Telex 7 255 167 irb d, Teletex 7 111 336=FhGIZS,
Fax 07 11–68 68–3 99, Btx *60 068#

Papiertechnische Stiftung (PTS), Heßstraße 130a, 8000 München 40
Tel. 0 89–12 60 01–46, Telex 5 213 088 pts d

Statistisches Bundesamt
Statistisches Informationssystem des Bundes (STATIS-BUND)
Postfach 55 28, Gustav–Stresemann–Ring 11, 6200 Wiesbaden 1
Tel. 0 61 21–75–22 24/–25 82, Telex 4 186 511 stb d, Teletex 612 186=StBA,
Fax 0 61 21–75–34 25, Btx *48 484#

Verein Deutscher Eisenhüttenleute (VDEh)
Informationszentrum Stahl und Bücherei
Postfach 82 09, Sohnstr. 65, 4000 Düsseldorf 1
Tel. 02 11–67 07–4 66/–4 68, Telex 8 582 512 ste d, Fax 02 11–67 07–3 10

Verein Textildokumentation und -information e. V. (VTDI)
titus TEXTILINFORM
Cromforder Allee 22, 4030 Ratingen, Tel. 0 21 02–2 70 51, Telex 8 585 374 vtdi d

Umweltbundesamt (UBA)
Informations- und Dokumentationssystem Umwelt (UMPLIS)
Bismarckplatz 1, 1000 Berlin 33
Tel. 0 30–89 03–1, Telex 183 756, Teletex 2 627 308 318, Fax 0 30–89 03–2 85

Zentralstelle für Agrardokumentation und -information (ZADI)
Postfach 20 14 15, Villichgasse 17, 5300 Bonn 2
Tel. 02 28–35 70–97/–99, Btx *351 224#

Anmerkung:

Eine Liste der deutschen Informationsvermittlungsstellen ist erhältlich bei:
Gesellschaft für Information und Dokumentation mbH (GID)
Zentralbereich Ergebnistransfer (ZE)
Postfach 71 03 63, Herriotstr. 5, 6000 Frankfurt am Main 71
Tel. 0 69–66 87–4 28/–4 26, Telex 414 351 gidfm d, Fax 0 69–66 87–3 36,
Btx *69 300#

Anhang 2: Vergleich von Textverarbeitungsprogrammen

Im folgenden einige Angaben zu den Eigenschaften einzelner Programme. Durch erneuerte Versionen kann sich der Tabelleninhalt im Lauf der Zeit ändern und gilt ohne Gewähr. Das Programm *Scientex* ist in der Qualität von ähnlich hohem Rang wie T^3. Formeln mit *Wi-Tex* oder *WordLayout* zu schreiben, verlangt einiges an Geduld; eine größere Zahl von Makros würde die Arbeit erheblich erleichtern. Blocksatz, Grafikmoduszeichen, Kursivschrift, Proportionalschrift und ein Zeichengenerator für selbst entworfene Zeichen sind bei allen genannten Programmen vorhanden.

Das Text- und Grafik-Verarbeitungsprogramm *Signum* auf dem *Atari ST* druckt alles im Grafikmodus wie Bilder; das wirkt sich bei gedrucktem Text auf die Qualität nicht förderlich aus.

Zeichenerklärung:

+ gut gelöst
– fehlt/schlecht gelöst
o teilweise vorhanden/umständlich
∞ unbeschränkte Anzahl.

Auswahl–Kriterium (vgl. 2.7.3)	Chi–Writer	T^3	Wi–Tex	WordLayout
Akzent–Buchstaben	+	+	–	–
ASCII–Text importierb.	+	+	–	+
ASCII erweitert	o	+	–	–
Attribute kombinierbar	o	+	o	+
Dezimaltabulator	–	+	–	+
Direkte Drucker–Kommandos möglich	–	+	–	–
Download–Zeichen	+	+	–	–
Eliteschrift	+	+	–	o
Eng–/Schmalschrift	–	+	+	o
Formeldarstellung	+	+	o	o
Fußnotenverwaltung	+	+	–	–

Auswahl-Kriterium (vgl. 2.7.3)	Chi-Writer	T³	Wi-Tex	WordLayout
Grafiken einmischen	o	o	–	o
Griechische Buchst.	o	+	o	+
Hardware: Arbeitsspeicher	384K	640K	512K	640K
Hilfstexte	+	+	+	o
Kleinschrift (10 Pt.)	o	+	+	+
Kopf-/Fußzeilen	+	+	–	–
Kombination von Texteilen möglich	+	+	o	–
Makros (Anzahl)	∞	∞	10	26
Math. Sonderzeichen	+	+	+	o
Mehrspaltiger Druck	–	+	–	+
Menüs übersichtlich	o	+	o	+
Picaschrift	+	+	–	o
Randausgleich autom.	+	+	o	+
Rechtschreibprüfung	+	+	–	+
Seitennumerierung	+	+	–	+
Seitenumbruch	+	+	o	o
Sicherung des Textes	+	+	–	–
Suchen und Ersetzen	+	+	+	+
Statuszeile	+	+	o	+
Tabulatoren	+	+	o	+
Tastaturen, parallel	+	+	+	+
Textteile einfügen	+	+	+	o
Trennhilfe	–	+	+	+
Vorlagen für Texte	+	+	o	+
Umrahmungen	+	+	o	–
WYSIWYG	+	+	+	+
Zeilenhöhen	∞	72	15	3
Zentrieren	+	+	–	+

Anhang 3: Attribute für Formelzeichen

Art	Kennzeichnung	Beispiele
Augenblickswert, Zeitwert	Kleinbuchstaben	u, i
wenn Kleinbuchstaben nicht anwendbar:	Index t	Φ_{t}
Arithmetischer Mittelwert	Überstrich	$\overline{u}$, $\overline{i}$
Betrag des arithmetischen Mittelwerts	Senkrecht–Waagrecht	$\lvert\overline{u}\rvert$, $\lvert\overline{i}\rvert$
Gleichrichtwert	Waagrecht–Senkrecht	$\overline{\lvert u\rvert}$, $\overline{\lvert i\rvert}$
Effektivwert	Großbuchstaben	U, I, Φ
nur in Zweifelsfällen:	Index eff	Φ_{eff}
Scheitelwert	Zirkumflex, Dach	$\hat{u}$, $\hat{i}$
in Sonderfällen:	Index m	Φ_{m}
Spitze–Spitze–Wert	Index SS oder pp	B_{SS}
Spitze–Tal–Wert	Dach und Unterhaken	$\underset{\vee}{\hat{u}}$, B_{ST}
Wechselstromanteil einer Mischgröße	Index Schlange	$i_{\sim}$
Gleichstromanteil	Index Strich	i_{-}
Differenz zweier Größen, absolute Abweichung	Groß–Delta	Δu
Relative Abweichung	Klein–Delta + Index	δ_{u}, δ_{i}
Komplexe Größe, Zeiger	Unterstrich	$\underline{U}$, $\underline{I}$, $\underline{Z}$, $\underline{Y}$
Betrag einer komplexen Größe	Großbuchstaben	U, I, Z, Y
Vektor	Überpfeil	$\vec{v}$
Zahlenwert einer Größe	Geschweifte Klammer	$\{U\} = c \cdot \{I\}^{\beta}$
Einheit einer Größe	Eckige Klammer	$[V] = \mathrm{m}^3$

Anhang 4: Kennbuchstaben für Bauteile und Geräte nach DIN 40 719 T2

Englische Bezeichnungen in Klammern deuten auf den Zusammenhang hin. - Von der Norm abweichende, aber vielfach gebräuchliche Kennbuchstaben sind in Kleinschrift angegeben. Es ist nicht sinnvoll, alle integrierten Schaltungen mit IC zu bezeichnen.

Aktives Filter	Z
Analog-Digital-Umsetzer	U
Analoge integrierte Schltg.	N
Anzeige-Einrichtung	P
Bandpaß	Z
Batterie	G
Begrenzer	Z
Binäres Element	D
Bistabiles Element	D
Brückengleichrichter	V
Buchse	X
Buchsenleiste	X
Codeumsetzer	U
Dehnungsmeßstreifen	B
Dekodierer	U
Demodulator	U
Digital-Analog-Umsetzer	U
Digitale integr. Schaltung	D
Diode	V
Drahtbrücke (wire)	W
Drosselspule	L
Einschub	A
Feinsicherung (fuse)	F
Festwiderstand (resistor)	R
Filter	Z
Flachstecker	X
Flipflop	D
Fotowiderstand	B
Funktionstaste (switch)	S
Geber nichtelektr. Größe	B
Generator	G
Gleichrichter	V
Halbleiter	V
Heißleiter	R
Hochpaß	Z
Impedanzwandler	N
Impulsgeber	B
Impulszähler	D
Induktivität	L
Integrierte Schaltung	IC
Inverter	U
Kabel (wire)	W
Kabelstecker	X
Kaltleiter	R
Kapazitätsdiode	V
Klemme	X
Klemmenleiste	X
Koaxialleiter	W
Koaxialstecker	X
Kodierer	U
Komparator	N
Kondensator	C
Kühlkörper	E
Lautsprecher	B
Leistungsschalter	Q
Leuchtdiode	H
LC-Filter	Z
Lichtleiter	W
Lüfter	E
Meßbuchse	X
Meßpunkt	P
Meßstellenumschalter	S
Mikrophon	B
Meßumformer	B
Meßwiderstand	R
Modulator	U
Monoflop	D
Motor	M
Netzgerät	G
Netztransformator	T

ODER–Glied	D
Operationsverstärker	N
Optokoppler	U
Oszillator	G
Parallel–Serien–Umsetzer	U
Potentiometer	R
Prüfpunkt	P
Quarzoszillator	G
RC–Filter	Z
Register	D
Regler	N
Relais	K
Sammelschiene	W
Schalter	S
Schieberegister	D
Shunt	R
Sicherung (fuse)	F
Signalleuchte	H
Speicher	D
Starkstrom–Schaltgerät	Q
Steckdose	X
Stecker	X
Steckkarte	A
Stiftleiste	X
Stromversorgung	G
Summer	H
Taktgenerator	G
Taste (switch)	S
Thermoelement	B
Tiefpaß	Z
Transformator	T
Transistor	V
Uhr	P
Umkehrverstärker	N
Umsetzer elektr.–elektr.	U
Umsetzer nichtel.–elektr.	B
Umsetzer elektr.–nichtel.	B
UND–Glied	D
Verstärker, als Bauteil	N
Verstärker, als Baugruppe	A
Verstärkerröhre	V
Verstärkertransistor	V
Verzögerer	D
Vielfachstecker	X
Wahlschalter	S
Wandler nichtel.–elektr.	B
Widerstand	R
Winkelumsetzer	B
Zeitglied	D
Zeitrelais	K
Z–Diode	V

Anhang 5: Logarithmen- und Wahrscheinlichkeits-Papiere

Alle Maße sind in Millimeter angegeben. Eine Teilung in 2 Dekaden der logarithmischen Skala bedeutet eine Bezifferung von 1 über 10 bis 100, 2½ Dekaden bedeutet eine Bezifferung von 1 bis 300, usw. Die Referenz-Nummern gelten für die Ausführung auf Zeichenpapier mit roter Teilung. Daneben gibt es Ausgaben mit brauner Teilung auf Transparentpapier. Über diese Liste hinaus gibt es im Handel logarithmische Frequenzkurvennetze für den Hörbereich.

Papier-Format	Breite×Höhe des Netzes	Abszisse (waagr.)	Ordinate (senkr.)	Ref-No. 667...	Art.-Nr.
Einfach-logarithmische Netze (Exponentialpapier)					
A4 297 x 210	270 x 170	3 Dekaden	linear	...056	373½ A4
A4 297 x 210	250 x 160	4 Dekaden	linear	...054	369½:6A4
A4 297 x 210	255 x 170	6 Dekaden	linear	...051	442½ A4
A3 420 x 297	360 x 270	6 Dekaden	linear	...052	443½ A3
350 x 310	250 x 250	linear	1 Dekade	...060	367½
350 x 310	300 x 200	linear	2 Dekaden	...059	376½
420 x 307	370 x 270	linear	3 Dekaden	...057	373½ A3
420 x 307	370 x 272	linear	3½ Dekaden	...055	430½
350 x 250	300 x 200	linear	4 Dekaden	...053	396½
700 x 550	600 x 450	linear	5 Dekaden	...058	368½
Doppelt-logarithmische Netze (Potenzpapier)					
350 x 310	250 x 250	1 Dekade	1 Dekade	...158	375½
A4 297 x 210	248 x 170	2½ Dekad.	1½ Dekaden	...157	369½:3A4
A4 297 x 210	250 x 167	3 Dekaden	2 Dekaden	...153	369½:2A4
A4 297 x 210	270 x 180	3 Dekaden	2 Dekaden	...154	369½:5A4
350 x 310	300 x 200	3 Dekaden	2 Dekaden	...155	365½
A4 297 x 210	250 x 155	4 Dekaden	2½ Dekaden	...152	369½:1A4
250 x 250	200 x 200	4 Dekaden	4 Dekaden	...151	369½
580 x 480	500 x 400	5 Dekaden	4 Dekaden	...156	366½
Hyperbolisch-logarithmisches Netz (Abszisse reziprok)					
460 x 380	400 x 300	$^1/_1 \ldots ^1/_5$	3 Dekaden	...251	402½

Papier– Format		Breite×Höhe des Netzes	Abszisse (waagr.)	Ordinate (senkr.)	Ref-No. 667...	Art.–Nr.
Wahrscheinlichkeits- und Häufigkeitspapiere (Ordinate nach dem Gauß'schen Fehlerintegral)						
A4	297 x 210	255 x 165	logar.	Gauß–Int.	...456	440½ A4
A3	420 x 297	360 x 258	2 Dekaden	Gauß–Int.	...452	423½ A3
A3	420 x 297	360 x 258	4 Dekaden	Gauß–Int.	...451	297½ A3
A4	297 x 210	240 x 172	linear	Gauß–Int.	...457	299½ A4
A4	297 x 210	252 x 181	linear	Gauß–Int.	...453	298½ A4
A4	297 x 210	264 x 188	linear	Gauß–Int.	...455	424½ A4
A3	420 x 297	360 x 258	linear	Gauß–Int.	...454	298½ A3

Anhang 6: Drucktechnische Fachbegriffe

ASCII-Text ist ein Roh-Text ohne die spezielle Formatierung durch ein Textverarbeitungsprogramm. Zugelassen sind nur die 128 in der ASCII-Tabelle (*A*merican *S*tandard *C*ode for *I*nformation *I*nterchange) aufgeführten Drucker-Steuerzeichen, Buchstaben und Satzzeichen. Drucker-Steuerzeichen gibt es z. B. für Zeilenvorschub, Sprung zum Zeilenanfang, Seitenvorschub und Tabulator. Druckbare Zeichen sind im wesentlichen die auf einer Schreibmaschine vorhandenen Groß- und Kleinbuchstaben, Ziffern, Satzzeichen und das Leerzeichen für Zwischenraum. Diese Zeichen sind als Drucktypen im permanenten Speicher eines Druckers von vornherein abgelegt und daraus mit dem Textverarbeitungsprogramm aufrufbar, im Gegensatz zu den *Download*-Zeichen und den *Bitmap*-Zeichen. ASCII—Text

Im Erweiterten ASCII-Zeichenvorrat stehen mit zusätzlich 128 Zeichen z. B. einige Akzentzeichen für europäische Sprachen, Umrahmungs-Striche und einige weitere mathematische Zeichen zur Verfügung. Diese Zeichen können in manchen Textverarbeitungsprogrammen mit der Alternativ-Taste und den Code-Nummern 128 bis 255 aufgerufen werden, z. B. ergibt ALT-234 das Ohmzeichen Ω. Näheres darüber steht in der Bedienungsanleitung des verwendeten Druckers. ASCII erweitert

Bitmap-Zeichen oder Grafikmodus-Zeichen sind Druckzeichen, die während des Druckvorgangs vom Textverarbeitungsprogramm als Bild-Muster Punkt für Punkt zum Drucker gesendet und ohne dortige Zwischenspeicherung gedruckt werden. Der Druck eines solchen Zeichens dauert daher ein Vielfaches der Zeit für ein *ASCII*- oder *Download*-Zeichen. Bitmap—Zeichen

Beim Blocksatz (das Wort ist abgeleitet von der Tätigkeit des Setzens) bildet der rechte Rand des Textfeldes genauso eine Blocksatz

noch: Blocksatz	gerade Grenze wie üblicherweise der linke Rand. Ausgeglichen wird die Zeilenlänge durch *variable* Leerschritte zwischen den Wörtern einer Zeile. Ein befriedigendes Schriftbild ergibt sich nur bei gleichzeitig angewendeter Proportionalschrift, nicht jedoch bei *fester* Schrittweite, da diese keine variablen Leerschritte kennt. Gegenteil: Flattersatz, vgl. konventionelle Schreibmaschinenschrift.
Desktop Publishing	Das computerunterstützte Erstellen von Publikationen (engl. Desktop Publishing, DTP) geschieht auf dem Personal Computer mit Programmen wie *PageMaker* oder *Ventura Publisher*. Der Speicherbedarf gegenüber Textverarbeitungsprogrammen ist dabei erheblich größer. Die DTP-Programme ermöglichen das Einbinden von Bildern mit unterschiedlichen Grautönen und von Strich-Grafiken in einen Text. Die Anordnung der Bilder auf dem Textblatt kann auf dem Bildschirm mit guter Näherung vorbereitet werden. Die Abmessungen des Bildformates lassen sich stufenlos an den vorgesehen Bildraum anpassen. Für den Drucker stehen mehrere Dutzend Zeichensätze von Schriften mit und ohne Serifen und mit proportionaler und fester Schrittweite zur Verfügung. Im allgemeinen werden Laserdrucker verwendet. Die hauptsächlichen Anwendungsgebiete sind Geschäftsdrucksachen und Prospekte für gehobene Ansprüche. Die Einarbeitungszeit in die Programme und die Druckerbedienung ist erheblich und lohnt sich nicht für Diplomarbeiten oder Dissertationen.
Download-Zeichen	Download-Zeichen sind Druckzeichen, die von einem Textverarbeitungsprogramm vor dem Druck in den flüchtigen Speicher eines Druckers als Drucktypen geladen und beim anschließenden Druck wiederholt aufgerufen werden. Die Ladezeit addiert sich zu der Zeit, die fürs eigentliche Drucken benötigt wird. Beim Ausschalten des Druckers „vergißt" dieser die Download-Zeichen in der Regel wieder.
Druckerbefehle	Druckerbefehle: siehe *Escape-Sequenz*

Druckertreiber

Druckertreiber sind Programmzusätze für Textverarbeitungsprogramme, die dem Text, der auf der Rechnertastatur geschrieben worden ist, die für den Druck notwendigen Steuerzeichen-Folgen (Escape-Sequenzen) beifügen, ohne daß sich der Anwender darum kümmern muß. Die Druckertreiber benutzen etwa 50 bis 100 verschiedene Sequenzen, die für die Druckertypen verschiedener Hersteller nicht einheitlich sind. Weit verbreitete Festlegungen stammen von den Firmen EPSON (Nadel-Drucker), Hewlett-Packard (Laserdrucker), IBM und NEC.

Elite

Elite-Schrift: siehe *Fester Zeichenabstand*

Escape–Sequenz

Eine Escape-Sequenz ist ein Software-Befehl aus einer Folge von Steuerzeichen für den Drucker, im Gegensatz zu einer Einstellung des Druckers über seine Tasten. Bei Textverarbeitungsprogrammen mit guten Druckertreibern braucht sich der Anwender um die Escape-Sequenzen nicht zu kümmern. Bei weniger komfortablen Textverarbeitungsprogrammen erscheinen, beginnend meist mit einem Escape-Steuerzeichen, diese Zeichenfolgen in den Text eingestreut auf dem Bildschirm. Das kann sich bei der Zeilenformatierung störend bemerkbar machen.

Fester Zeichenabstand

Fester Zeichenabstand oder *Feste Schrittweite* ist der gleichmäßige horizontale Abstand zwischen den Alphabet- und Sonderzeichen einer Schrift, bekannt von der traditionellen Schreibmaschine. Beispiele sind die *Elite*-Schrift mit 12 Zeichen pro Zoll und die *Pica*-Schrift mit 10 Zeichen pro Zoll (cpi – characters per inch). Drucker lassen sich auch auf komprimierte (15 bzw. 17 cpi) bzw. erweiterte Varianten einstellen. Gegensatz: Proportionale Schrittweite.

Formatierung

Die Formatierung der Druckzeichen, der Zeilen und der Seiten eines Textes ist die Anordnung auf der Druckseite mit Rücksicht auf die Ränder und eventuell in den Text einpaßte Bilder. Auch die Buchstabenbreite bei proportionaler oder (fester) Pica-Schrift noch: Formatierung

beeinflußt das Erscheinungsbild des formatierten Textes. Größere Schrifttypen als die übliche 12-Punkt-Schrift beanspruchen eine andere Zeilenhöhe. Einzelne Textabschnitte können durch ein anderes Zeilenformat eingerückt sein. Der Druck auf einer Seite kann mehrspaltig sein. Der Platz für die Seitennummer und für Fußnoten wird von einem guten Textverarbeitungsprogramm automatisch berücksichtigt.

Layout

Das Layout ist die Anordnung der Textteile und Bilder auf dem Papier unter Berücksichtigung der Ränder, also das Ergebnis der Formatierung. Achten Sie darauf, daß Überschriften durch eingeschobene Bilder nicht vom zugehörigen Text abgetrennt werden.

Makro

Ein Makro ist eine zusammengefaßte und gespeicherte Folge von Tastenanschlägen. In der Schreibpraxis werden Makros als Floskeln oder Kürzel für Textbausteine oder Formeln eingesetzt. Beispiele: Das Makro „adu“ erspart das vollständige Eintippen des Wortes Analog-Digital-Umsetzer; das Makro „ieff“ schreibt die Formel

$$I = \sqrt{\frac{1}{T} \cdot \int_{t=0}^{T} i^2 \, dt}$$

usw. Ein Makro kann aber auch ein kleines Programm zur Steuerung eines automatisierten Prozesses sein, z. B. wenn das Makro „pica“ den Druck in Pica-Schrift einleitet.

NLQ

Near Letter Quality (NLQ) ist bei Matrix-Druckern die zeitaufwendigere Betriebsart, in der jeder Buchstabe leicht versetzt nocheinmal gedruckt wird, um das Schriftbild durch Ausfüllen der Zwischenräume zwischen den Nadelabdrucken zu verbessern. Der satt schwarze Ausdruck von Typenraddruckern mit Carbonband wäre dagegen Letter Quality (Briefqualität). Gegenteil: Draft Quality (Entwurfs-, Schnell-Schrift).

Pica

Pica-Schrift: siehe *Fester Zeichenabstand*

PostScript von der Firma *Adobe* ist eine Seitenbeschreibungssprache, die es erlaubt, alle auf einer zu druckenden Seite befindlichen Elemente unabhängig von den zum Druck verwendeten Geräten zu beschreiben. Diese Angaben werden im (Laser-) Drucker von einem besonderen Interpreter (Übersetzungsprogramm) in Grafik umgesetzt. Grafiken lassen sich beliebig strekken, stauchen und drehen. Schriftzeichen lassen sich in beliebiger Größe und Schrittweite darstellen. Durch Zusatzprogramme ist es in eingeschränkter Form möglich, Postscript-Dateien auch auf Matrix- oder Tintenstrahl-Druckern auszugeben. Nachteilig sind der hohe Speicherbedarf und die lange Ausgabezeit (mehrere Minuten für ein Seite). PostScript

Proportionaler Zeichenabstand: Jedes Zeichen besitzt eine individuelle Schrittweite beim Drucken, z. B. ist der Buchstabe m in dem Wort „mit“ wesentlich breiter als der Buchstabe i. Proportionalschrift ergibt ein gleichmäßigeres Druckbild. Für Tabellen ist diese Schrift ungeeignet. Gegenteil: Fester Zeichenabstand. Proportionaler Zeichenabstand

Die Punktgröße gibt den Abstand an zwischen der höchsten Stelle eines großen und der tiefsten eines kleinen Buchstabens mit Unterlänge (Yy), ausgedrückt in der Einheit Punkt. Auf dem europäischen Kontinent ist 1 Punkt = 1/2660 m = 0,376 mm, „gerundet“ und nach DIN oft mit 0,375 mm angegeben. Im angloamerikanischen Sprachbereich ist 1 Punkt (point) = 1/72 Zoll $\approx$ 0,351 mm. Die hier benutzte Schrift hat in der Original-DIN-A4-Vorlage die Schrift- oder Punktgröße 12 Punkt = 1 Cicero = 4,5 mm. Lehrbücher werden oft in der Schriftgröße 10˙ = 1 Korpus gedruckt, Lexika in der Schriftgröße 9˙ = 1 Borgis. Punktgröße

Schriftgröße (Schriftgrad): siehe *Punktgröße* Schriftgröße

Schriftmerkmale bestimmen das Aussehen einer Schrift. Dazu gehören die Punktgröße (z. B. Cicero), der Schrifttyp (z. B. Roman, Sans Serif, Courier), die Strichstärke (in der Sprache der Schriftmerkmale noch: Schriftmerkmale — Drucker Auszeichnung genannt; mager, halbfett, fett), die Schriftlage oder -neigung (gerade, kursiv), die Schrittweite oder der Zeichenabstand (engl. *pitch*; fest in Zeichen pro Zoll bzw. proportional), und der Zeichensatz (z. B. IBM, ASCII, ANSI, Sonderzeichensätze). Antiqua ist eine Schrift mit Serifen; eine Groteskschrift wie z. B. Helvetica ist serifenlos (frz. sans serif) [HOF–90].

Serifen — Serifen heißen die waagrechten bzw. senkrechten Endstriche an den Buchstabenlinien. Die Serifen der meisten Großbuchstaben und einiger Kleinbuchstaben wie d, f, h, i, k, l, m, n, r deuten die Grundlinie einer Zeile an und erleichtern das Lesen der Schrift.

Tastatur — Eine Tastatur ist im ursprünglichen, materiellen Sinne ein Eingabegerät mit einer Anordnung von etwa 100 Tasten, deren Anschlag allein oder im „Akkord“ zusammen mit einer anderen Taste in unterschiedlichen Programmen oder Programmteilen zu verschiedenen Reaktionen führen kann. Zum Beispiel läßt der Anschlag der mit „u“ bezeichneten Taste allein oder in Akkord-Verbindung mit einer Umschalttaste je nachdem auf dem Bildschirm die Buchstaben u oder U erscheinen, in Verbindung mit der ALT-Taste vielleicht die Kursiv-Buchstaben *u* bzw. *U*, und schließlich wird mit dem Akkord aus Taste „Strg“ (Steuerung, CTRL) und Taste „u“ der folgende Text unterstrichen. – Im übertragenen Sinne ist eine Tastatur (eigentlich Tastaturbelegung) eine Teilmenge eines *Zeichensatzes*, dessen insgesamt 128 verschiedene Zeichen nie alle auf einmal mit je einer Taste erreichbar sind. Außer den Buchstabentastaturen für gerade und Kursivbuchstaben können über weitere Tastaturen z. B. Umrahmungszeichen oder griechische und mathematische Zeichen aufgerufen werden.

TECH — TEX (gesprochen tech) ist ein editor-orientiertes Textsystem, das in seinem grundlegenden Befehlsvorrat von D. E. Knuth entwickelt wurde. Die Varianten AMS-TEX, LATEX und

MiniTECH enthalten erweiterte Befehlsvorräte zur Erleichterung der Arbeit für den Anwender. Die Anpassung auf die deutsche Rechner- Tastatur und das deutsche Seitenformat DIN-A4 ist nicht von vornherein sichergestellt. Für die Arbeitsweise mit einem solchen System ist typisch, daß man keine Formeln schreibt, sondern sie verbal be-schreibt, etwa wie bei einer Telefondurchsage. Bei der Eingabe am Bildschirm sieht man nur diesen Beschreibungstext. Als Zwischenschritt ist ein Formatierungslauf nötig, erst dann kann man auf einem Drucker oder einem Grafikbildschirm die Formeln dargestellt sehen. Zur etwaigen Fehlerkorrektur muß man zurück in den Editor-Eingabebetrieb gehen und danach wieder neu formatieren. Das ist so zeitraubend, wie es sich anhört, und lohnt sich eigentlich nur für Buchdruck, der dann allerdings im Aussehen hervorragend wird. – Das Gegenteil zu einem solchen editor-orientierten Textverarbeitungsprogramm sind grafisch orientierte Textprogramme. Hier sieht man sofort bei der Eingabe, wie später die Formel auf dem Papier aussehen wird. Viel besser als auf dem Bildschirm wird allerdings die Ausgabe auch nicht. Man nennt solche Programme auf englisch WYSIWYG, what you see is what you get. Damit geschriebene Texte kommen in der Aufmachung am Laserdrucker gut heraus, wenn auch nicht ganz so perfekt wie TEX-Ausdrucke. noch: TEX

Alle Zeichen, die in einem bestimmten Schrifttyp gedruckt werden können, bilden zusammengenommen den Zeichensatz oder Zeichenvorrat (engl. font). Dazu gehören Groß- und Kleinbuchstaben, Ziffern, Satzzeichen, Umlaute, Akzentbuchstaben, Umrahmungszeichen, mathematische Zeichen und griechische Buchstaben. Zeichensatz

Zeilenumbruch: Den linken und rechten Rand einer Zeile bestimmt das bei der Textverarbeitung eingestellte Zeilenformat, z. B. linker Rand bei Anschlag 10, rechter bei Anschlag 75, d. h. der linke Rand ist 10 Pica-Zeichenabstände (10 Zehntel Zoll) vom linken Papierrand entfernt usw. Wörter, die über den Zeilenumbruch

noch: Zeilenumbruch	rechten Rand hinausragen würden, werden mit Trennstrich getrennt oder ganz auf die folgende Zeile übernommen. Nach dem Einschieben neuer Textteile in vorhandenen Text wird der Zeilenumbruch, d. h. das Einpassen zwischen die Ränder, wiederholt.

Anhang 7: Muster A für das Titelblatt einer Diplomarbeit

Diplomarbeit

MESSWERTÜBERTRAGUNG MIT LICHTWELLENLEITERN

von

Richard Schmidt

Fach: Meßtechnik

Betreuer: Prof. Dr.-Ing. H. Leuchter

Durchgeführt in
Firma Drahtwerke Mainz AG, Mainz

Hochschule Alphastadt-Betaburg
Bereich Alphastadt
Fachbereich Elektrotechnik I
Informationstechnik

Sommersemester 1992

Anhang 8: Muster B für das Titelblatt einer Diplomarbeit

SIMULATION VON
DYNAMISCHEN REGELSYSTEMEN

DIPLOMARBEIT

des Fachbereichs

Maschinenbau und Feinwerktechnik

der

Hochschule Alphastadt–Betaburg

von

Thomas Feinschliff

Alphastadt, Februar 1991

Betreuer: Prof. Dr.–Ing. F. W. Brechgart

Anhang 9: Muster für das Titelblatt einer Dissertation

SIGNALREGENERATION BEI DER
ANALOGEN SIGNALÜBERTRAGUNG
MIT OPTOKOPPLERN

Dissertation
zur Erlangung des Grades
eines Doktor–Ingenieurs
im Fachbereich
Informations– und Regelungs–Technik
der Technischen Universität Neuberg

vorgelegt von
Dipl.–Ing. Armin Karmeyer
aus Heimstedt

1991

Anhang 10: Muster für die Gliederung einer Diplomarbeit

INHALTSVERZEICHNIS

Anhang 11: Muster für den Lebenslauf bei einer Dissertation

LEBENSLAUF

Robert Schmidt

Geburtstag und -ort:	19. Sept. 1957 in Nürnberg	
Eltern:	Siegfried Schmidt Hildegard, geb. Lenz	
Schulbildung:		
Grundschule	1963 – 1967	Uhlandschule Stuttgart
Höhere Schule	1967 – 1970	Neusprachliches Gymnasium Friedberg (Hessen)
	1970 – 1976	Gauß-Schule Würzburg
Abitur	1976	
Wehrdienst:	1976 – 1977	Hammelburg
Studium:	1977 – 1982	Universität Stuttgart, Elektrotechnik, Nachrichtentechnik
Vordiplom	1979	
Diplom	1982	„Restdrehmomentmessung an Kassettenlaufwerken“
Berufstätigkeit:	1982 – 1986	Wiss. Assistent am Lehrstuhl für Systemtheorie der Nachrichtentechnik der TU Berlin
	1986 – 1989	Fa. IBM Deutschland, Böblingen, Entwicklungsingenieur für Rechnernetze, später Projektingenieur, Abteilungsleiter
	seit 1989	Fa. Hoechst AG, Frankfurt am Main, Abteilungsleiter Prozeßmeßtechnik

Anhang 12: Muster für den Verdrahtungsplan

```
                    Leiterplatte              Stecker
Signal-                Platz
Bezeich-    ----------------------------      -------
nung        ASP1  ASP2  AZÄ1  AZÄ2  ABV1      X1   X2
             1     2     3     4     5
------------------------------------------------------

            28     .     .     .     .    .   36    .
DI01         *-------------------------------*      .
            22     .     .     .     .    .   3     .
DI02         *-------------------------------*      .
             .    30     .     .     .    .   33    .
DI03         .     *-------------------------*      .
             .     .     .     .     .    .   .     .
             .     7     .     .     .    .   26    .
ATN          .     x-------------------------o      .
             .     .     .     .     .    .   .     .
             .     .    23    23    23    .   .    10
t16          .     .     o-----x-----x-------------x
             .     .     8     .     9    .   .     .
rZÄ1         .     .     x-----------o    .   .     .
             .     .     .     8    10    .   .     .
rZÄ2         .     .     .     x-----o    .   .     .

...                           ...             ...
```

```
28   Kontakt-Nummer
o-   Signalquelle
x-   Signalsenke
*-   Quelle/Senke
```

88-10-29 R.Schmidt	Meßwertübertragung LWL-Sender
Diagr. 1	Verdrahtungsplan

Anhang 13: Muster eines Prozedurbaums

Hauptprogramm TEMPMESS

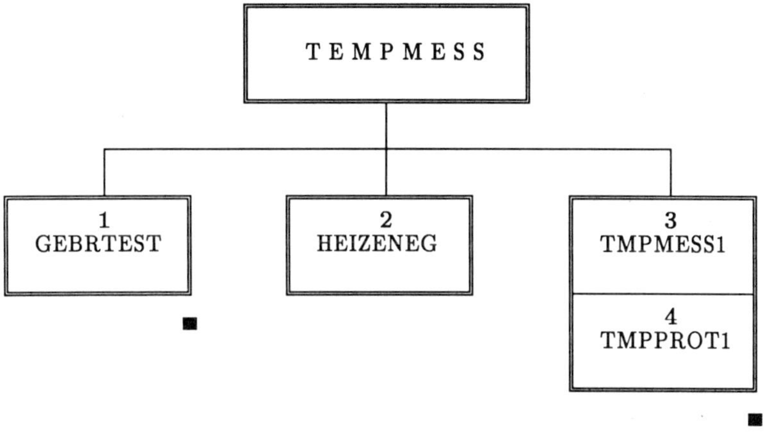

Zeichenerklärung:

NNN...N	Unterprogramm–Name (max. 8 Zeichen)
■	keine Fortsetzung mit weiteren Unterprogrammen
ohne Marke:	Kopf eines weiteren Prozedurbaums

Anhang 14: Muster eines Struktogramms

BLOCK: ABCD0002

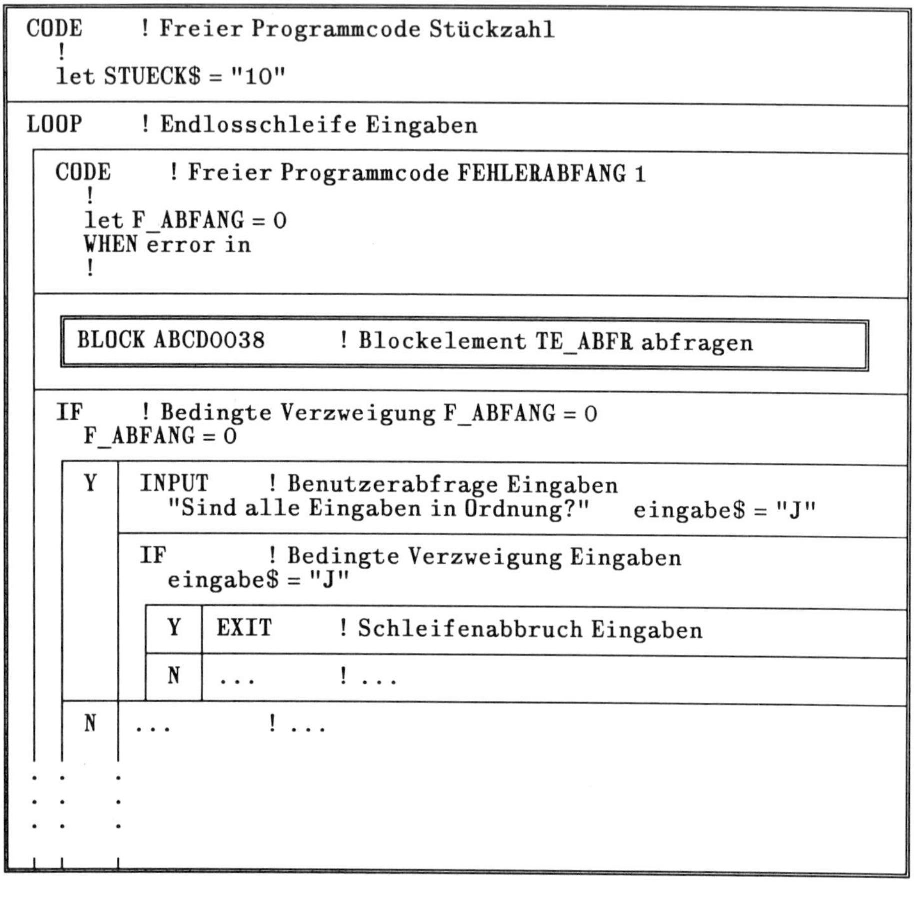

[nach Siemens: PCI–Programmgenerator, Dokumentation]

Anhang 15: Abkürzungen in Quellenangaben

a. a. O.	am angegebenen Ort
Abb.	Abbildung
Abh.	Abhandlung
Abs.	Absatz
Abschn.	Abschnitt
Abt.	Abteilung
am.	amerikanisch
an., ann.	annals, Jahrbücher
Anh.	Anhang
Anl.	Anlage
Anm.	Anmerkung
Anon.	Anonymus
Anz.	Anzeiger
App.	Appendix, Anhang
Arch.	Archiv
Aufl.	Auflage
Aufs.	Aufsatz
Ausg.	Ausgabe
Bd., Bde.	Band, Bände
Bearb., bearb.	Bearbeiter, bearbeitet
begr.	begründet von
Beibl.	Beiblatt
Beih.	Beiheft
Beil.	Beilage
Beisp.	Beispiel
Berücks.	Berücksichtigung
Beschr.	Beschreibung
betr.	betreffend
Bibl.	Bibliothek
Bibliogr.	Bibliographie
Bl.	Blatt
©	Copyright
ca.	circa, rund, ungefähr
cf.	confer, vergleiche
chap.	chapter
CIP	Cataloguing in Publication Data
col., cols.	column(s), Spalte(n)
comp.	compiled
cp.	compare, vergleiche
Diss.	Dissertation
dt.	deutsch
durchges.	durchgesehen
ebd.	ebenda, an gleicher Stelle
ed.	edition, editor
e. g.	exempli gratia, z. B.

Einl.	Einleitung
engl.	englisch
enl.	enlarged, erweitert
Erg., erg.	Ergänzung, ergänzt
ersch.	erschienen
erw.	erweitert
et al.	et alii, und andere
Ex.	Exemplar
f, ff	und die folgende(n) Seite(n)
fig.	figure, Bild, Zeichnung
Forts.	Fortsetzung
frz.	französisch
FS	Festschrift
gedr.	gedruckt
Ges.	Gesellschaft
H.	Heft
Habil.–Schr.	Habilitationsschrift
Hb.	Handbuch
Hg., Hrsg.	Herausgeber (einer)
Hgg., Hrsgg.	Herausgeber (mehrere)
hg., hrsg.	herausgegeben
incl.	including, einschließlich
Ind.	Index, Stichwortverzeichnis
Inst.	Institut, Institution
ISBN	International Standard Book Number
ISSN	International Standard Serial Number
J.	Journal
Jb.	Jahrbuch
Jg.	Jahrgang
Jsb., Jsber.	Jahresbericht
Kap.	Kapitel
Kat.	Katalog
Kt., kt.	Karte, kartoniert
Lfg.	Lieferung
Libr.	Library
Lit.	Literatur
Losebl.-Ausg.	Loseblatt-Ausgabe
maschr.	maschinenschriftlich
Mitarb.	Mitarbeiter
mitget.	mitgeteilt
Mitw.	Mitwirkung
Mschr.	Monatsschrift

Nachtr.	Nachtrag
n. d.	no date, ohne Jahresangabe
no., nos.	number(s)
Nr., Nrn.	Nummer(n)
o. J.	ohne Jahresangabe
o. O.	ohne Ortsangabe
o. p.	out of print, vergriffen
o. V.	ohne Verfasserangabe
p., pp.	page(s), Seite(n)
P.	part, Teil
par., pars.	paragraph(s)
pref.	preface, Vorwort
Proc.	proceedings, Berichte
pt., pts.	part(s), Teil(e)
Publ.	publisher, Verlag
Qu.	quarterly, Vierteljahresschrift
R.	Reihe
Red.	Redaktion
Reg.	Register
Rep.	report
repr.	reprint, Neudruck
Reprod.	Reproduktion
rev.	revised, revidiert
Rez.	Rezension
S.	Seite(n)
s.	siehe
Sb.	Sitzungsbericht
Selbstverl.	Selbstverlag
Ser.	Serie
Sig.	Signatur
Slg.	Sammlung
Soc.	Society
Sp.	Spalte
Suppl.	supplement, Ergänzung(sband)
T.	Teil
t.	tome, Band
Tab.	Tabelle(n)
Taf.	Tafel(n)
Tr., Trans.	translator, Übersetzer
Trans.	transactions, Sitzungsberichte
u. a.	und andere
u. d. T.	unter dem Titel
überarb.	überarbeitet von
Übers.	Übersetzer
übertr.	übertragen
Univ.	Universität

verb.	verbessert
Verf.	Verfasser
Verl.	Verlag
Verz.	Verzeichnis
vgl.	vergleiche
Vjs., Vjschr.	Vierteljahresschrift
vol., vols.	volume(s), Band (Bände)
Vorw.	Vorwort
Wb.	Wörterbuch
Wschr.	Wochenschrift
Z.	Zeile
Zeichn.	Zeichnung
Zs., Ztschr.	Zeitschrift
Zsfassung	Zusammenfassung
zsgest.	zusammengestellt
Ztg.	Zeitung

Anhang 16: Literaturnachweise und Schrifttum

Die in diesem Anhang genannten Quellen sind in zwei Abschnitte aufgeteilt, erstens ergänzendes Schrifttum zum Schreiben einer technisch-wissenschaftlichen Diplomarbeit oder Dissertation und zweitens Hilfsbücher aus nicht-technischen Wissensgebieten, die bei grenzüberschreitenden Arbeiten nützlich sein können. Beide Abschnitte enthalten Veröffentlichungen, die direkt im Text zitiert wurden; in diesen Fällen dienen die Angaben als Literaturnachweise. Der Einfachheit halber sind überall Zitatnummern nach der Harvard-Notation angegeben; die Aufzählung kann gleichzeitig als Muster für eine Literaturliste dienen. In Kleinschrift sind in einigen Fällen Hinweise für den Leser angeschlossen. – Einschlägige Normen sind in einem getrennten Anhang 17 erwähnt.

Anhang 16.1: Hilfsbücher und -schriften zur technisch-naturwissenschaftlichen Dokumentation

[BIT–90] Bitter, Christian: *Schreiben am Bildschirm, Erfahrungen mit Textprogrammen - Software - Graphetik - Geschichte.* Berlin: VDE-Verlag, 1990
(Textverarbeitung mit Computern und Druckern, Programme)

[DUD–73] Duden-Taschenbücher Bd. 5: *Satzanweisungen und Korrekturvorschriften.* 3. Aufl. Mannheim: Bibliogr. Inst., 1973
(Enthält u. a. Hinweise über das Inhaltsverzeichnis, Schriften, Abstände, Sonderzeichen, Korrekturzeichen)

[DUD–85] *Duden, Richtiges und gutes Deutsch, Wörterbuch d. sprachl. Zweifelsfälle.* Bearb. v. D. Berger u.a., 3. Aufl., Mannheim: Bibliographisches Institut, 1985

[FRI–89] Friedrich: *Tabellenbuch Elektrotechnik/Elektronik.* Bonn: Dümmler, 1989
(Enthält viele Schaltzeichen-Normen und Hinweise zum technischen Zeichnen)

[GRE–86] Greif, H.: *Bildgestaltung in technischen Berichten.* Braunschweig: Vieweg, 1986

[HAB–85] Habiger, Ernst: *Kleines Lexikon der Abkürzungen. Abkürzungen in der Automatisierungstechnik, Mikrorechentechnik und Elektronik.* Heidelberg: Hüthig 1985

[HAU–90] Hauck, Karl–Heinz: *Meßwert-Analyse – Rechnerische und graphische Auswertung von Meßdaten.* Braunschweig/Wiesbaden: Vieweg 1990

[HOF–87] Hofmeister, K.-D./Stinglwagner, K.-H.: *Technische Dokumentation ist Bestandteil des Marketingkonzepts.* Energie + Automation 9 (1987) H. 1, S. 8...11

[HOF–90] Hoffmann, Walter/Schlummer, Werner: *Erfolgreich beschreiben - Praxis des technischen Redakteurs.* Berlin: VDE-Verlag 1990
(Anleitung für Organisation - Textgestaltung - Redaktion von Handbüchern und Bedienungsanleitungen)

[HUS–83] Huss, Jürgen: *Leitfaden für die Anfertigung von Diplomarbeiten und Dissertationen in der Forstwissenschaft und verwandten Fachgebieten.* Frankfurt am Main: Sauerländer 1983

[LAN–83] Lanze, Werner: *Das technische Manuskript.* 3. Aufl. Essen: Vulkan 1983
(Viele Hinweise für technische Schriftsätze und Fachaufsätze, Grammatik und Stil, Verlagsrecht und Normen)

[LÜS–88] Lüstorff, Joachim/Harms, Hans-H.: *Online - immer auf Draht. Ein Leitfaden zur Informationsbeschaffung für Hochschullehrer, Doktoranden und Diplomanden.* Eggenstein-Leopoldshafen: Fachinformationszentrum 1988

[MUC–79] Mucha, Rolf: *Ablaufplan einer Studienarbeit.* 2. Aufl. Lernmittel-Edition Arnsberg 1979
(Für die technische Diplomarbeit)

[PRO–80] o. V.: *Promotionsordnung der Naturwissenschaftlichen Fakultät der Justus-Liebig-Universität Gießen.* Gießen: Mitteilungen der JLU Gießen 1980

[PRO–86] o. V.: *Promotionsordnung der Technischen Hochschule Darmstadt.* Darmstadt: Auszug aus dem Amtsblatt des Hessischen Kultusministers 11/86.

[SEL–74] o. V. :*SEL-Taschenbuch.* Stuttgart: Berliner Union Kohlhammer 1974
(Enthält u. a. Hinweise zur korrekten Scheibweise von Formeln und zu Stilfragen bei technischen Berichten)

[VDE–86] o. V.: *Redakteurs-Kolloquium.* Offenbach: vde verlag 1986. Hektografiertes Protokoll.
(Vereinbarungen der Redakteure der Zeitschriften des VDE-Verlags)

Anhang 16.2: Hilfsbücher für nicht-technische wissenschaftliche Arbeiten

[BAU–67] Baumer, Franz: *Gewußt wo - gewußt wie. Eine Anleitung zur Methodik der geistigen Arbeit.* Stuttgart: Klett 1967
(Anfänger-Literatur für Geisteswissenschaftler)

[ECO–88] Eco, Umberto: *Wie man eine wissenschaftliche Abschlußarbeit schreibt – Doktor-, Diplom- und Magisterarbeit in den Geistes- und Sozialwissenschaften.* Uni–Taschenbücher 1512. Heidelberg: Müller, Jur. Verl. 1988
(Viele Beispiele zur Wahl des Themas, Materialsuche und Karteiarbeit)

[GER–87] Gerhards, Gerhard: *Seminar-, Diplom- und Doktorarbeit.* Uni-Taschenbücher 217, 6. Aufl. Bern, Stuttgart: Haupt 1987
(Empfehlungen und Muster zur Gestaltung von rechts- und wirtschaftswissenschaftlichen Prüfungsarbeiten)

[HEY–70] Heyde, Johannes Erich: *Technik des wissenschaftlichen Arbeitens.* Berlin: Kiepert 1970
(Allgemeine Hinweise für Studienanfänger)

[LÜC–90] Lück, Wolfgang: Technik des wissenschaftlichen Arbeitens, 4. Aufl., Marburg: Hitzeroth 1990
(Komprimierte Darstellung für Wirtschaftswissenschaftler)

[PET–87] Peterßen, Wilhelm H.: *Wissenschaftliches Arbeiten: nicht leicht, aber erlernbar.* München: Ehrenwirth 1987
(Für das Erarbeiten von Material im geisteswissenschaftlichen Bereich)

[POE–77] Poenicke, Klaus/Wodke-Repplinger, Ilse: *DUDEN - Wie verfaßt man wissenschaftliche Arbeiten?* Mannheim: Bibliographisches Institut 1977
(Taschenbuch u. a. über Methoden der Materialsammlung und zur korrekten Quellenangabe bei geisteswissenschaftlichen Arbeiten)

[POE–85] Poenicke, Klaus: *DUDEN - Die schriftliche Arbeit.* Mannheim: Bibliographisches Institut 1985
(Preisgünstiges Heft mit Hinweisen zum Anfertigen einer geisteswissenschaftlichen Seminar- oder Abschlußarbeit)

[RÖS–87] Rösner, Hans-Jürgen: *Die Seminar- und Diplomarbeit.* 5. Aufl. München: Florentz 1987
(Für Wirtschaftswissenschaftler)

[RÜC–89] Rückriem, Georg/Stary, Joachim/Frank, Norbert: *Die Technik wissenschaftlichen Arbeitens - eine praktische Anleitung.* (UTB f. Wissensch., Uni-Taschenbücher 724) 5. Aufl. Paderborn: Schöningh 1989
(Beispiele aus dem Bereich der Pädagogik)

[SCH–76] Scheibler, Albert: *Technik und Methodik des wissenschaftlichen Arbeitens*. Reihe WiSo Kurzlehrbücher. München: Franz Vahlen 1976
(Systematische Darstellung für Wirtschaftswissenschaftler)

[SEI–70] Seidenspinner, Gundolf: *Wissenschaftliches Arbeiten. Schriften der Deutschen Studentenschaft 4*. Aichach: Mayer & Söhne 1970
(Knappe Darstellung für das geisteswissenschaftliche Studium)

[SEI–73] Seidenspinner, Gundolf: *Die Zulassungsarbeit. Schriften der Deutschen Studentenschaft 5*. Aichach: Mayer & Söhne 1973
(Für Lehramtsstudierende)

[SFF–76] Seiffert, Helmut: *Einführung in das wissenschaftliche Arbeiten.* Reihe uni-text, Braunschweig: Vieweg 1976
(Materialauffindung, -auswertung und -darstellung, für Geisteswissenschaftler, insbes. Sozialwissenschaftler)

[SES–90] Sesink, Werner: *Einführung in das wissenschaftliche Arbeiten ohne und mit PC*. München, Wien: Oldenbourg 1990
(Für Wirtschaftswissenschaftler, die evtl. mit MS-WORD arbeiten)

[STA–88] Standop, Ewald: *Die Form der wissenschaftlichen Arbeit.* Uni-Taschenbücher 272, 12. Aufl. Heidelberg: Quelle u. Meyer 1988
(Standardwerk zur Form von Manuskript und Druck wissenschaftlicher Veröffentlichungen vor allem im geisteswissenschaftlichen Bereich)

[THE–84] Theisen, Manuel R.: *Wissenschaftliches Arbeiten*. München: Franz Vahlen 1984
(Systematische Anleitung für den wirtschaftswissenschaftlichen Bereich)

Anhang 17: Normen

Normen über Formelzeichen und Einheiten

DIN 1301	Einheiten
DIN 1357	Elektrische Größen
DIN 1339	Magnetische Größen
DIN 1323	Elektrische Spannung
DIN 5483	Zeitabhängige Größen
DIN 1344	Nachrichtentechnische Formelzeichen
DIN 40 110	Wechselstromgrößen
DIN 1313	Schreibweise physikalischer Gleichungen
DIN 58 122	Größen, Einheiten, Formelzeichen; Übersicht für den Unterricht
DIN-Taschenbuch 22	Einheiten und Begriffe für physikalische Größen (Enthält u.a. DIN 1301, 1323, 1324, 1325, 40 110, 40 146, und DIN 1319)
DIN-Taschenbuch 202	Formelzeichen, Formelsatz, Mathematische Zeichen und Begriffe (Enthält u.a. DIN 1302, 1304, 1344, 5483 T2, 1338, 5478, und DIN 461)

Normen über die Darstellung von Text und Grafik
(Reihenfolge nach den Abschnitten dieses Buches)

DIN 5008	Regeln für Maschinenschreiben (z.B. Bindestrich, Brüche, Formeln)
DIN 1338	Buchstaben, Ziffern und Zeichen im Formelsatz
DIN 6776	Beschriftung, Schriftzeichen
DIN ISO 3098	Beschriftung, Griechische Schriftzeichen
DIN 1422	Technisch-wissenschaftliche Veröffentlichungen – Richtlinien für die Gestaltung
DIN 1421 T1	Abschnittsbenummerung
DIN 5007	Regeln für die alphabetische Ordnung (ABC-Regeln)
DIN 1505	Titelangaben von Dokumenten
DIN 199	Begriffe im Zeichnungs- und Stücklistenwesen
DIN 6771	Schriftfelder für Zeichnungen, Pläne, Listen
DIN 461	Graphische Darstellung in Koordinatensystemen
DIN 5478	Maßstäbe in graphischen Darstellungen
DIN 824	Faltung auf Ablageformat (Für Zeichnungen im Format größer A4)
DIN 16 511	Korrekturzeichen
DIN 66 261	Struktogramme
DIN 66 001	Programmablaufpläne

DIN-Taschenbuch 1	Zeichnungswesen (Enthält u. a. DIN 199 und 824)
DIN-Taschenbuch 148	Zeichnungswesen 2 (Enthält u. a. DIN 6776 und DIN ISO 3098)
DIN-Taschenbuch 102	Normen für Büro und Verwaltung

Normen über Schaltungsunterlagen

DIN 40 900		Schaltzeichen
	T4	Schaltzeichen für passive Bauelemente
	T5	Schaltzeichen für Röhren und Halbleiter
	T7	Schaltzeichen für Schalt- und Schutzeinrichtungen
	T8	Schaltzeichen für Meß-, Melde- und Signaleinrichtungen
	T10	Schaltzeichen zur Übertragungstechnik
	T12	Binäre Elemente
	T13	Schaltzeichen und Kennzeichen für analoge Informationsverarbeitung
DIN 40 719		Schaltungsunterlagen
	T1	Schaltungsunterlagen; Begriffe, Einteilung
	T2	Kennzeichnung von elektr. Betriebsmitteln (Kennbuchstaben)
	T3	Schaltungsunterlagen; Regeln für Stromlaufpläne der Elektrotechnik
DIN 5489		Vorzeichen- und Richtungsregeln für elektrische Netze
DIN 6771		Schriftfelder für Zeichnungen, Pläne, Listen
DIN-Taschenbuch 7		Normen über graphische Symbole für die Elektrotechnik
DIN-Taschenbuch 502		Analoge und binäre Elemente, Schaltzeichen, Anwendung in Stromlaufplänen (enthält auch Muster für Stromlaufpläne)
DIN-Taschenbuch 514		Graphische Symbole für die Elektrotechnik, Schaltzeichen, (Enthält u. a. DIN 40 700 und DIN 40 900)
DIN-Taschenbuch 512		Schaltungsunterlagen für die Elektrotechnik (Enthält u. a. DIN 40 719 T3 Stromlaufpläne, IEC 113)

Sicherheitsnormen

DIN VDE 0411	Blatt 1: VDE-Bestimmungen für elektronische Meßgeräte und Regler Teil 1: Schutzmaßnahmen für elektronische Meßgeräte

Verzeichnis der Zielmarken

Sachverzeichnis